Grazia Deledda

La danza della collana

Texte et illustration de couverture : © domaine public
Edition : Culturea (Hérault, 34)
Contact : infos@culturea.fr
Retrouvez notre catalogue sur http://culturea.fr
Imprimé en Allemagne par Books on Demand
Design typographique : Derek Murphy
Layout : Reedsy (https://reedsy.com/)

Dépôt légal : janvier 2023
Tous droits réservés pour tous pays

ISBN : 9791041843961

La corteccia dell'inverno si screpola: vene rosse fra il nero delle nuvole e sfumature verdi sulla terra scura annunziano il ritorno della buona stagione. Verso il tramonto la luna nuova appare sull'occidente schiarito, come una barca che dopo un viaggio fortunoso rientra felicemente in porto; e il suo chiarore glauco si riflette sul verde cupo degli allori laggiú negli avanzi dei parchi invasi dalla marea delle nuove costruzioni.

Su questo sfondo di orizzonte si delinea la città nuova, coi suoi palazzi bianchi, le terrazze aeree festonate di panni tesi ad asciugare; con qualche cipresso nero che ravviva intorno a sé il colore liquido del cielo: e da questa montagna di costruzioni, che dà all'aria umidiccia un sapore di calce e di ragia, scendono i fiumi delle strade ancora non terminate; fiumi di selci arginati dai marciapiedi di granito, che solcano i prati ancora nudi e vanno a perdersi fra i canneti e le ginepraie della campagna.

Un uomo, sceso anche lui dalla città lungo queste strade, s'è fermato appunto al principio di un prato, dove finiscono le case di un quartiere nuovo, e osserva l'ultimo dei villini, alquanto distaccato dagli altri e che pure non ha l'aria di esser costruito di recente.

È un villino a due piani: non ha giardino, solo un ampio terreno a fianco, cinto di un reticolato di ferro: sulla facciata grigia granulosa le persiane verdi sono chiuse: pure chiuso il portoncino lucido di coppale rifugiato sull'alto di due scalini di marmo, e le cui grosse borchie d'ottone e la targhetta ovale col nome del proprietario brillano come d'oro.

Solo al piano superiore una finestra è aperta e la tenda bianca che a tratti vi si agita pare voglia incoraggiare l'uomo ad attraversare il fiume di breccia della strada.

Egli attraversa, ma esita prima di salire gli scalini del portoncino, quasi si tratti di inerpicarsi su una montagna: i suoi occhi sono abbastanza acuti per leggere il nome inciso sulla targhetta di ottone: «Maria Baldi» e poiché è proprio questa Maria Baldi che egli cerca, si fa di nuovo coraggio per salire e tendere il dito onde premere il bottone del campanello.

Poi esita di nuovo e guarda il portoncino come si guarda un viso sconosciuto. Le borchie d'ottone gli sembrano davvero due strani occhi; e a loro volta lo fissano riflettendo grottescamente il suo viso che là dentro pare quello di un mulatto ubbriaco.

È un viso ridicolo che tuttavia gli fa paura. Ma egli reagisce: una sfida misteriosa corre subito fra lui e lo spirito folletto ch'è dentro le borchie a guardia della casa tutta chiusa. Tu non suonerai, uomo, tu non puoi suonare, tu sai il perché.

Egli toccò il bottone freddo del campanello, ma senza poter premere: aveva l'impressione che un filo interiore gli tirasse la mano indietro: sentí però un passo nell'interno della casa, un passo che si avvicinava alla porta, come se qualcuno dentro avesse spiato e venisse ad aprire: e suonò.

E allo spalancarsi della porta sentí il sangue affluirgli al viso per un impeto quasi selvaggio di gioia, tanto che la donna che aveva aperto ne fu investita di riflesso: ed entrambi parvero trasalire, come due che si conoscono e da molto tempo non si rivedono.

La donna era vestita per uscire: il mantello rossiccio con ricami dorati sulle falde simili ad ali ripiegate, e il berrettino di velluto nero con due uncini di piuma, le davano un aspetto di farfalla.

– Lei è la signorina Baldi? – domandò l'uomo con voce chiara.

Ella accennò appena di sí, con uno sbattere di palpebre timido e diffidente.

Rassicurato, egli disse:

– Non vorrei incomodarla perché vedo che sta per uscire; si tratta del suo terreno qui accanto, per un probabile acquisto.

Questa notizia la intimidí maggiormente, e scompose il suo viso fine e bruno rischiarato dai luminosi occhi glauchi che per l'ombra delle lunghe ciglia e delle sopracciglia unite ricordavano i laghi in mezzo ai boschi.

– Chi le ha detto che il terreno si vende? – domandò come si trattasse di una calunnia.

Egli rispose sullo stesso tono, quasi per giustificarsi:

– Un'agenzia, signorina: ho qui il suo indirizzo, e la pianta del quartiere. Ma sono anche informato che lei non ha per adesso intenzione di vendere: ed ha ragione: i prezzi salgono di giorno in giorno. Tuttavia l'offerta sarebbe vantaggiosa molto. Non è proprio possibile trattare?

– Mi dispiace, no: almeno per adesso.

Ella però parlava sempre un po' incerta: ed egli insisté:

– Lei mi permetterà almeno di lasciarle il mio indirizzo e pregarla di ricordarsi di me nel caso si decidesse a vendere.

Ella prese esitando e come solo per buona creanza il biglietto che egli le porgeva: lo guardò, sollevò gli occhi rassicurati: poiché, protetto e illuminato da una piccola corona, aveva veduto un bel nome:

Conte Giovanni Delys

Un conte è sempre, agli occhi di una donna, qualche cosa di piú di un uomo comune: e colui che portava questo titolo dimostrava di meritarlo, per la sua figura alta e diritta, e la corretta eleganza del vestire; e sopratutto si degnava di guardare con molto interesse la proprietaria del terreno perché questa non se ne dovesse sentire lusingata. Tanto piú che lei sapeva l'altissimo prezzo del terreno. Ma questo pensiero appunto le oscurò di nuovo gli occhi e la spinse fuor della porta che tirò dietro di sé.

L'uomo si sente respinto: resiste però, fermo sulla sua posizione.

– La cessione del terreno, scusi ancora questa domanda, dipende esclusivamente da lei?

– Non da me solamente, è questo, – ella risponde, d'un tratto sicura e quasi dura: – o sí, dipende da me, se voglio; ancora non ho deciso perché ho intenzione di fabbricarci io.

Questa notizia parve quasi rallegrare l'uomo: i suoi vivi occhi neri, che non cessavano di fissare la donna, si volsero a guardare il terreno.

– La posizione è magnifica, e avendone i mezzi è un vero peccato non fabbricarci subito: ma più peccato ancora è che non possa fabbricarci io, – aggiunse sorridendo.

Aveva un sorriso beffardo e melanconico, che ringiovaniva di colpo il suo viso glabro alquanto lungo e scavato, ma lasciava vedere troppo i denti forti eppure già alcuni ricoperti d'oro.

Anche questo sorriso piacque alla donna: quella bocca grande, cattiva e triste, le destò un senso di desiderio: e subito ella parve interessarsi alquanto ai casi di lui; scese uno scalino e con la mano nuda indicò uno spazio ancora libero di costruzioni.

– Vede, lí è tutto ancora da vendere, e a buone condizioni. Sono terreni di una cooperativa, che s'incarica pure di costrurre.

Egli seguiva la mano di lei con uno sguardo tenace come un bacio.

– Lo so, lo so: ma era il suo terreno che io volevo.

Ella fece un gesto vago, come per dire «se dipendesse solo da me la contenterei», poi risalí lo scalino e si volse per chiudere la porta.

Egli non se ne andava: quando ella si rivolse per salutarlo lo vide cosí scavato e rattristato in viso che provò quasi un senso di pietà: le parve ch'egli volesse chiederle ancora qualche cosa, forse di accompagnarla, di non lasciarlo solo al limite della città misteriosa che in quella giornata di solitudine – era un sabato e gli operai non lavoravano – sembrava fatta di rovine.

Egli però si ricompose subito, salutò e lasciò ch'ella se ne andasse.

Ella se ne andava col suo passo silenzioso ed agile, sicura sui tacchi altissimi delle scarpette lucide che riflettevano il colore dorato delle calze trasparenti: e pareva fosse la carne dura delle sue gambe sottili a risplendere attraverso quel velo. Il mantello e il vestito corto svolazzavano assieme, lievemente, con un movimento di piacere e di scherzo, felici di andarsene in giro; e tutta l'armoniosa figura di lei, sullo sfondo di quelle grandi strade nuove che non finivano neppure all'orizzonte e parevano fatte per lei, per condurla nel mondo, si moveva con un passo di danza, sull'arco fra il tacco e la punta delle scarpette luminose.

L'uomo la seguiva, alquanto di lontano, e senza volerlo camminava anche lui lieve, quasi cercando di non far rumore perché lei non se ne avvedesse; ma sentiva ch'ella sapeva bene di questo inseguimento e se ne compiaceva, e che, lui volendo, non sarebbe piú andata dove intendeva andare prima d'incontrarlo, ma in qualche luogo dove incontrarsi ancora: poiché la proprietaria di terreni e l'uomo che vuole tentare una speculazione erano scomparsi, e rimanevano solo la donna che cammina lieta di sé e della sua bellezza nelle vie del mondo, e il maschio che la insegue.

La strada si allargava; dilagò in una piazza donde parve sfuggire da tutte le parti in altre strade felici di ville, di giardini, di sfondi d'azzurro e d'argento; proseguí, piú in là affogata da grandi palazzi e pur tuttavia ancora deserta, ancora tutta dell'uomo e della donna: già però nello sfondo s'intravedeva uno scorrere e incrociarsi di veicoli, un movimento di folla; e si sentiva lo stridere e il rombare della città viva.

La donna affrettava il passo, come se qualcuno laggiú la chiamasse e l'attendesse: e l'uomo s'affrettò anche lui, spinto da un primo senso di gelosia, o dall'istinto del cacciatore che vede la preda perdersi e salvarsi nella macchia. In cima alla strada ella svoltò seguendo sempre il marciapiede a sinistra, ed egli fece a tempo a raggiungerla con lo sguardo. E gli parve che tra la folla grigia il colore del mantello di lei spandesse come una calda raggiera che arrivava fino a lui; e che, per l'andatura volante, ella scivolasse sui pattini, volteggiando intorno alle persone che le impedivano il cammino, e facendosi largo col solo suo avanzarsi.

Solo la vide esitare un attimo davanti a un grande portone, quasi dovesse entrarci, o perché lí era diretta, o per sfuggire all'uomo che la inseguiva; allora ebbe un istintivo movimento di corsa, ma ella era già di là dal portone, più rapida ancora, come avesse sentito l'impercettibile ansia di lui e lo eccitasse maggiormente a raggiungerla.

Ed ecco svolta di nuovo, di nuovo sparisce all'angolo di un'altra strada: adesso è proprio il caso di correre, e anche l'uomo ritrova la sua agilità di adolescente per raggiungerla definitivamente.

E non si meraviglia nel vederla spingere una porta scolpita, vigilata da una specie di eremita cieco la cui mano, concava e legnosa come una mestola, è tesa a mendicare.

È la porta di una chiesa.

Questa chiesa era illuminata dal chiarore d'una piramide di finti ceri a luce elettrica che sorgevano come le canne di un organo sull'altare maggiore; altare che all'uomo parve si sollevasse in una lontananza indefinita, dietro un'alta cancellata di ferro che lo chiudeva come un giardino incantato, in uno sfondo di dorature e mosaici e vetrate a colori che al contrasto dei ceri brillavano quasi furtivamente.

Egli stette in piedi in fondo alla navata buia, col cappello e il bastone nascosti sul fianco; e a poco a poco abituandosi alla penombra tornò a distinguere, in mezzo al gregge delle donne che riempivano d'aliti e di profumi la chiesa, la figura di lei piegata su un inginocchiatoio, con le ali abbandonate fino a terra come gli angeli davanti a Dio.

«Prega o pensa a me.»

Sentí che pregava e pensava a lui: immobili entrambi come gli insetti che succhiano lo stesso fiore prima di sollevarsi e riunirsi nella luce. E d'improvviso la chiesa parve illuminarsi tutta per loro; per loro un giovine sacerdote vestito d'oro salí sull'altare e pregò; poi salí sul pulpito raggiante e parve rivolgersi solo a loro parlando della vanità delle cose e dello smarrimento degli uomini in cerca dei piaceri della carne.

La sua voce era meccanica e declamante: ma quando disse l'invocazione di Dio all'anima dell'uomo per richiamarla al suo amore come l'amante richiama l'amata,

Vieni, diletta mia...

si scaldò di una sensualità virile: forse era lui stesso che richiamava una donna diletta alla sua passione nascosta; e fu tutto una fiamma nel vaso d'oro del pulpito; e i visi delle donne si sbiancarono come ciascuna di loro fosse la invocata; e anche l'uomo laggiú contro la parete fredda sentí un soffio di calore alla schiena poiché tutta la chiesa parve d'improvviso infocarsi.

In punta di piedi andò a sedersi in cima a una panca vuota e guardò ancora la donna con un sentimento che gli rinnovava il sangue: sentiva che già qualche cosa di interiore li univa poiché la parola di Dio era scesa su loro da un'anima in passione, e anche lei doveva tremare al richiamo dell'amore eterno.

E tutta la cerimonia prese un colore nuziale, quando l'organo e un canto corale di monache riempirono l'atmosfera del mormorío e del tremolare arboreo di una foresta alla luna.

Le pareti s'aprono; intorno è l'immensità dell'infinito. Suono e canto scendono dall'alto, da un'altezza nascosta, che a volte sembra lontanissima, a volte ondulante appena sopra la testa dei fedeli.

L'uomo chiude gli occhi come vinto dal sonno: or gli pare di esser uscito dalla foresta e di staccarsi dalla terra: e viaggia in mare, come Tristano malato, verso un paese sconosciuto dove la sua vita deve ricominciare e rinnovarsi dalle radici.

È notte: solo il palpito delle stelle illumina l'infinita vastità delle acque e del cielo; e il mare canta con quella voce d'organo, grave e possente come la voce stessa di Dio.

E come il profilo della terra donde è partito, egli vede il suo passato staccarsi e allontanarsi da lui: ecco la grande villa sul mare, dov'egli è nato, e il borgo dei pescatori, e l'antico paese nero inciso come un'acquaforte sul giallore della pianura sabbiosa, con qualche macchia verdastra e qualche vena di ocra sullo sfondo del cielo pallido: e la spiaggia che ha assorbito tutta la gioia della sua infanzia e i sogni dell'adolescenza e il dolore torbido della giovinezza voltasi a un tratto in nero come una giornata di primavera che si oscura in tempesta; tutto gli appare sulla stessa linea, ma sotto una luce diversa, mai veduta, come appunto un paesaggio guardato dal mare, e che sembra si allontani da sé, e si dissolva come un paesaggio di nuvole.

Poi dal grandioso tumulto dell'organo e del coro sgorgò una voce, come l'acqua pura del monte. Era una voce di donna; a poco a poco si elevò sopra tutti gli altri suoni, e parve diventare luce; le parole del canto religioso le si sbriciolavano dentro, come diamanti in polvere; e non fu piú un canto ma una serie di gridi, a volte imploranti, a volte minacciosi, appassionati sempre e pieni di un gemito di desiderio; e salivano tutti, come il suono delle canne dell'organo, da una profondità sola, ove si agitavano in lotta fra loro le grandi passioni umane, l'ansito della carne e dello spirito verso un bene irraggiungibile.

E l'uomo, laggiù, cullato da quel movimento di onde che lo trasportava fuori del tempo e dello spazio, ricordava la storia di una donna, giovane, bella e ricchissima, che si era fatta monaca per amore, e cantava per esalare la sua pena: il suo grido attraversava le mura del convento, saliva fino al cielo e ricadeva sul mondo con le lagrime delle stelle, non piú lamento di donna legata dalla sua passione, ma canto universale dello spirito prigioniero della terra.

Quando il coro si spense ed egli ebbe l'impressione che la sua nave si fermasse, riaprí gli occhi e li sentí umidi di lagrime. Questo lo irritò: l'uomo non deve piangere neppure davanti alla sua piú forte miseria. Si alzò di scatto, tornò verso la parete accanto alla porta e aspettò che lei uscisse.

La gente se ne andava, lentamente, gli uni dopo gli altri, in fila, come davvero i passeggeri che scendono dalla nave in arrivo.

Lei fu tra gli ultimi: i suoi occhi, che si erano come dorati per la luce dei ceri, s'incontrarono con quelli dell'uomo: un attimo, e il patto vitale fu concluso.

Fin dalla mattina del giorno dopo, la donna cominciò ad aspettare.

Egli non ricomparve, né in chiesa né altrove; ella però sentiva che doveva tornare; che quello sguardo agganciatosi nella penombra della chiesa già legava la loro sorte. Ma in fondo aveva paura d'illudersi, poiché sapeva che il metodo di vita al quale era costretta, la portava piuttosto verso il sogno. Viveva in quella casa grande, ancora isolata come una villa in campagna, con una parente anziana che la sorvegliava e, poiché l'aveva quasi allevata lei, controllava ogni sua azione.

Alla mattina i fornitori portavano tutto a casa; poi le due donne sfaccendavano assieme, assistite, pei lavori piú grossolani, da una vecchia serva sorda come una pietra: nel pomeriggio la giovine usciva quasi tutti i giorni, e alla notte leggeva fino a tarda ora: leggeva romanzi, e, sui giornali, le cronache mondane, i resoconti dei processi celebri, gli avvenimenti straordinari.

Queste letture, fatte quasi di nascosto, nel mistero della notte, operavano nel suo spirito come un cibo malsano nel corpo: la nutrivano di sogni torbidi, stendevano un velo di nebbia sulla realtà della vita.

Un giorno, finalmente, vide una vettura fermarsi davanti alla porta: un uomo ne scese e mise una lettera nella buca; poi subito ripartí. Ella si precipitò giú per le scale come da bambina quando toccava solo la ringhiera; prese la lettera e la nascose nel seno.

Perché la nascondeva? Non lo sapeva bene; solo sentiva il cuore battere contro la lettera e questa rispondere come avesse il cuore anche lei, in un colloquio di misteriose comunicazioni.

L'uomo chiedeva solo di riceverlo o di fissargli un appuntamento, e la salutava con rispetto: null'altro; eppure ella guardava il piccolo foglio duro con un senso di vertigine.

La scrittura era cosí incisa e regolare che pareva stampa: anche l'indirizzo sulla busta, rigido e nero, le destava un'impressione quasi d'angoscia; e le pareva di leggere per la prima volta il suo nome.

La carta e la busta erano quadrate, piuttosto piccole, resistenti: tutto denotava nell'uomo un senso di ordine, di durezza, anche di calcolo: tutto forse, però, non era che la maschera volontaria di una natura appassionata e disordinata che sa di esserlo e si vuol dominare.

La stessa tardanza a farsi rivedere e sentire dimostrava una tenace serietà: forse egli aveva combattuto contro i suoi sentimenti, lasciandosi vincere a stento, abbandonandosi infine alla passione nel sentirla matura: cosí il frutto cade dalla pianta. E la donna, che capiva per istinto queste cose, pensò che bastava piegarsi per cogliere il frutto.

Rispose fissando un appuntamento in un giardino pubblico.

Quando arrivò puntuale e apparentemente calma nel suo mantello appesantito dal caldo precoce di quel pomeriggio di fine d'inverno, vide l'uomo che già l'aspettava. Vestito di grigio, corretto e fine anche nei minimi particolari, le parve piú giovane dell'altra volta, sebbene con una piega di austerità nel viso che aspettava ma non sorrise per l'arrivo di lei.

«Diffida; forse perché non l'ho ricevuto in casa», subito pensò; e già aveva pronta la scusa.

— Mi scuserà se le ho dato appuntamento qui. Ho la casa invasa di parenti venuti per le feste; e fra gli altri c'è una zia malata.

Egli lasciò passare un attimo in silenzio, per far cadere e svanire l'inutile menzogna: intanto sedettero sulla panchina nell'angolo solitario presso un laghetto.

— Signorina, — egli domandò sottovoce, guardando lontano davanti a sé, — lei sa lo scopo del mio desiderio di parlarle?

Ed ella, che s'era accorta di non averlo ingannato con le sue prime parole, volle riparare con un impeto di sincerità.

— Lo so.

Allora egli si volse a guardarla. L'ombra dorata degli elci ravvivava il pallore bronzato del viso chino di lei; e pareva ch'ella avesse scelto apposta quel luogo che dava l'illusione di un rifugio in alto, sulla riva di un lago fra i boschi, come solo sfondo adatto alla sua figura.

— Mi guardi, — egli pregò.

E i loro occhi di nuovo s'incontrano, specchiandosi all'infinito; ma il riflesso glauco dell'acqua, mossa da un lieve brivido scuro, pare impedir loro ancora di rivelarsi sino in fondo.

Egli si volge nuovamente di profilo, si adagia bene sulla panchina, accavalla le gambe agili tirandosi sulle ginocchia i pantaloni che lasciano vedere le calze di seta grigia, e comincia a parlare con una voce pacata e fredda, che solo di tratto in tratto, quando egli si dimentica di dominarla, prende un tono caldo, come un viso pallido che arrossisce.

— Le parlerò subito di me: il mio nome lo sa, e anche il mio titolo, al quale dico sinceramente di tenere come si tiene alla propria fisonomia e al proprio carattere. Sono aristocratico per natura, se con ciò s'intende dire che mi piacciono le cose belle, fini; e l'ordine, intorno a me, il silenzio, la pulizia e lo spazio. La mia camera può essere anche nuda, ma grande, con un quadro, o un piccolo oggetto d'arte, sia pure la mia lampada, che faccia compagnia al mio spirito. E non mi importa di partecipare alla vita cosiddetta brillante, per quanto il suo lusso, il movimento e il colore siano realmente piacevoli; purché la mia giornata e la mia sera passino senza noia, senza accostamenti volgari, senza che io abbia a rimproverare a me stesso qualche cosa che mi umilii o mi diminuisca. In fondo sono un solitario, forse un sognatore, forse anche un mistico.

Dopo una lieve pausa riprese:

— E adesso bisogna che le dica subito che non sono, come forse lei mi crede, ricco. Non faccia quel gesto di protesta: la ricchezza è una delle maggiori forze dell'uomo che sa usarla perché ne conosce il vero ed intimo valore. Io purtroppo non sono ricco: ho però qualche cosa, salvata dal naufragio di quella che un tempo fu davvero la ricchezza della mia famiglia. Mio padre, che non ne conosceva appunto il valore, o perché era l'ultimo di una razza esausta di godere, di tutto avere, ha cercato nella vita solo il piacere, le emozioni insolite, il rischio, l'avventura. S'era circondato di una corte di amici, di parassiti, di servi inutili: viaggiava, giocava; ha tentato anche, disgraziato, speculazioni delle quali non aveva la minima conoscenza, e cosí si è giocata tutta la sua fortuna. La mamma non si accorse della rovina che negli ultimi anni di lui, quando la malattia lunga e triste, ch'era forse conseguenza delle sue dissipazioni, lo rimandò in casa e lo costrinse a una lenta espiazione. La mamma era religiosa, troppo religiosa: questa fu la sua sola debolezza: ella accettava tutto come volere di Dio: non sapeva opporsi alla forza del male che ci succhiava la vita e le sostanze: ad ogni modo tutto fu salvo, per opera di lei, poiché fu salvo il nome. Fu venduta anche la sua dote, e fra le altre proprietà un castello del piú puro quattrocento che ancora si conserva intatto con le sue tre torri, il maschio e tutto l'interno perfettamente conservato. Mobili, armi, opere d'arte, persino le serrature sono ancora dell'epoca. Lassú ho passato la prima infanzia: da una parte il castello guarda su una grande vallata solitaria, incolta, dall'altra sul breve altipiano dov'è il piccolo paese sotto il quale ridiscende la vallea che per chilometri e chilometri è completamente deserta. D'inverno i lupi si avvicinano al paese; gli abitanti però sono coraggiosi e anche le donne sanno maneggiare il fucile. Morto il babbo, il castello fu venduto, anche perché per la sola manutenzione e per il personale di servizio occorreva una somma incredibile. Ma gli anni passati in quella solitudine grandiosa, in quel fasto muto ma autentico, in compagnia di quei ritratti di gentiluomini e di bellissime donne che per me erano piú che vivi, hanno certamente chiuso il mio spirito e forse anche il mio fisico in una forma immutabile.

«Ancora la notte, quando mi sveglio, mi pare di essere lassú, di sentire intorno alle torri il vortice del vento che prende e fa suo l'urlo del lupo, o l'infinito silenzio delle notti di primavera.

«D'estate si scendeva a una villa sul mare dove appunto io sono nato; poi si finí col rifugiarsi definitivamente in essa. Mia madre vi si chiuse come in un convento; lí è morta, assistita dalla mia balia che ancora è là a guardia dei nostri ricordi.

«Anche questa villa è antica, grande, e la sua rendita, specialmente dei mesi estivi, è quella che piú mi aiuta a vivere. Là ho passato l'adolescenza, intrecciata di gioia e di dolore, di angustie e di sogni per l'avvenire: dopo, la mia vita si è scolorita; ho studiato leggi, ho fatto il soldato; la mia mamma è morta l'anno scorso; contenta di aver compiuto tutto il suo dovere verso di me, lasciandomi di fronte alla vita corazzato di esperienza e di consapevolezza, senza grandi illusioni ma anche con un residuo di fede: uomo vero, dunque. Il caso mi ha condotto fino a lei, signorina, il caso che in fondo è il filo di questa collana di giorni che è la vita. A dire tutta la verità, la morte della mamma mi ha lasciato un po' stordito: era lei il mio solo appoggio, anche di lontano, era l'immagine sacra della mia fede nella vita, l'anima della casa; ed io sono cresciuto troppo nella paura del mondo che aveva divorato mio padre, troppo ho vissuto nella casa, per potermene distaccare. Le dirò anzi una cosa, che pare romantica e non lo è. Appena lei mi è apparsa ho avuto come un colpo di sole, non tanto per la sua bellezza straordinaria quanto per la rassomiglianza con un ritratto di Ignota, che era in una sala di passaggio del castello e pareva mi aspettasse e mi guardasse, ogni volta che capitavo sotto i suoi occhi glauchi, e attendesse una mia parola per farsi viva e rispondermi. Io avevo paura di lei e passavo di corsa.

«Sono forse superstizioso: credo in un mondo fantastico ove il nostro io, sdoppiato, vive la sua parte migliore, che è quella dello spirito. Sono sempre il fanciullo che attraversa pauroso la sala del castello solitario, invece di tentare la parola con la quale cominciare il colloquio con l'Ignota, che dopo tutto è la vita. Ma lei, signorina, lei compirà il miracolo: mi parlerà lei, adesso, sarà lei forse a dire la prima vera parola di questo grande colloquio.»

Ella vibrava tutta: le pareva che s'egli l'avesse appena sfiorata con un dito sarebbe caduta a terra sciogliendosi in lagrime di sangue come la melagrana spaccata che cade dalla pianta al soffio del vento: e il suo viso, e gli occhi sopratutto riflettevano il tremolío indefinibile del lago, come fatti anch'essi d'acqua e di luce.

– Che posso dirle? – mormorò torcendosi un poco le mani, disperata ed esaltata. – Se io sono davvero per lei in questo momento la personificazione della vita, è una ben povera vita quella che lei si sceglie. Ma forse dipenderà da lei il fare che io mi arricchisca, e diventi, come vorrei, la realtà del suo sogno. Il caso, che, come dice bene lei, è il filo della collana dei nostri giorni, non deve averci spinti fin qui inutilmente. Lei forse, anche, sa qualche cosa di me. Sono umile e piccola davanti a lei, e cosí diversa eppure cosí vicina a lei! Sono figlia del popolo, ma anch'io tengo alla mia origine, perché del popolo vero, di quello che è piú vicino alla terra, sento in me la forza e il desiderio di vivere. Forse in questo rappresento davvero la vita, come le cose che nascono dalla terra seminate da Dio. Come i miei parenti tutti, sono venuta qui, nella grande città, da un paese vergine; un paese sui monti dove gli abitanti dopo essere stati per secoli pastori sono d'un tratto divenuti costruttori. Siamo scesi qui per costrurre la città; tutti i miei, mio padre, i fratelli, i cugini, gli zii, tutti muratori, selciatori, scalpellini, tutti bravi, forse per la loro antica consuetudine e conoscenza con le pietre e col tufo: alcuni son divenuti capomastri, impresari, e poi infine anche proprietari delle loro costruzioni, e si sono arricchiti. Anch'io, da bambina, ho portato su nelle fabbriche, dove i miei parenti si arrampicavano e lavoravano, e qualcuno pur troppo precipitava fracassandosi come sui dirupi dei monti natii, il secchio con la calce e i mattoni. Poi i tempi sono mutati; siamo divenuti noi pure padroni: io ho studiato, poco, ma ho studiato: ho letto e leggo molto, e la mente mi si è aperta, l'intelligenza si è sviluppata. Vivo sola, con una parente che non mi ama e sta con me solo perché io le sono utile. A poco a poco la nostra famiglia s'è dispersa, i genitori son morti, gli altri parenti sono tornati al paese o fanno vita da loro. In fondo sono anch'io una solitaria, una sognatrice; ma so anche guardare in faccia la vita, e lavorare, e bastare a me stessa. E finora non ho incontrato nessuno che abbia saputo amarmi e conoscermi, e sopratutto farsi amare da me. Gli uomini si volgono a guardarmi, sí, e mi seguono; ma solo per quello che appaio al di fuori, mentre io vorrei essere amata per me stessa, per quello che posso valere di dentro, perché io pure credo fermamente in una vita superiore, dove solo lo spirito esiste.

Egli disse, senza guardarla:

– Sono felice di sentirla parlare cosí. L'aver lei scelto per questo nostro primo convegno quest'angolo di giardino che ha dell'irreale, mi prova il suo istinto di finezza e anche di elevazione. Abbiamo attraversato la città polverosa e agitata, per arrivare qui: cosí, spero, attraverseremo felicemente le difficoltà e le bruttezze della vita per incontrarci davvero in un punto che sia la sosta ultima e la migliore del nostro viaggio terreno.

– Sí, sí, – disse lei con impeto.

– Come vive, lei? – egli domandò sottovoce: e c'era già un indefinito senso di avvicinamento nel suo modo sommesso di parlare: e anche lei rispose piano, come per non farsi sentire da qualcuno che spiava intorno.

– Vivo una vita in apparenza tranquilla, operosa e sicura, in fondo triste e vuota. Le mie giornate sono sempre eguali. Mi alzo presto, per abitudine, e lavoro, con la mia parente e una donna che viene a fare i servizi piú grossolani. La casa è grande e mi piace tenerla pulita. Il piano giú è affittato a una famiglia che sta quasi tutto l'anno fuori: quindi c'è molta quiete ma anche molta necessità di vigilanza. Quella mia parente non esce mai, per paura dei ladri. Io, invece, nel pomeriggio vado fuori quasi tutti i giorni: ho poche conoscenze, amicizie nessuna; mi piace andar sola, camminare, riposarmi nei giardini di tutti, guardare le vetrine, perdermi tra la folla, trasportata da essa. Vado spesso in chiesa, un poco per devozione, un poco perché mi piacciono i canti religiosi, il suono dell'organo e anche il profumo dell'incenso. Amo le chiese piccole, scure, e quando ci sono non prego, ma mi abbandono a un fantasticare diverso dal solito, cercando di risolvere problemi che non è davvero in me poter risolvere. Per esempio, penso al mistero della morte, e della vita futura, e a Dio, al quale non credo come ci hanno insegnato, ma che sento esistere dentro e fuori di me.

Anche questo, che lei fosse a modo suo religiosa, parve far piacere all'uomo.

– So anche ballare, – ella aggiunse, pensierosa, un po' diffidente, per timore ch'egli sorridesse di lei.

Egli s'era di nuovo rivolto a guardarla, e adesso la vedeva di profilo, e quella figura dai colori delicati e pastosi, rossiccio e arancione, su quello sfondo di macchie verdi e azzurre illuminate dal riflesso dell'acqua, gli destava quasi un godimento d'arte.

E d'improvviso si sentí preso anche il cuore da questo senso di gioia: poteva esser sua, era già sua s'egli voleva, quella donna bella, pura e ricca come un capolavoro.

– Conosce anche la musica? – domandò, continuando in quella specie di esame al quale ella si prestava con tanto abbandono.

Allora lei arrossí, e fece segno di no; ed egli non insisté per non umiliarla; poiché sapeva bene, prima ch'ella stessa lo confessasse, che il padre di lei era stato da principio un semplice mastro muratore: speculazioni edilizie fatte con l'astuzia dura dei montanari, e l'usura segreta, erano la fonte della ricchezza di lei.

Ella però non aveva da vergognarsi di nulla, esile e dritta come il fiore nutrito dal concime; e riprese, riavendosi quasi con orgoglio

– La mia infanzia e anche buona parte della mia fanciullezza sono state tristi e rudi. Sono cresciuta senza madre e sono scesa qui anch'io con mio padre come il sassolino che viene travolto dal cadere dei massi sulle chine dei monti. Per fortuna ho trovato qui, già stabilita da qualche anno, questa mia parente che mi ha fatto un po' da madre, a modo suo però, credo piú per un senso di dovere che per affetto. È stata lei ad assistere mio padre nella sua ultima malattia, come un suo fratello, e per questo, sopratutto, le voglio bene e la rispetto, e forse anche la temo. È una donna severa, un poco strana, che non vuole che gli altri si divertano e godano perché non ha mai goduto lei. Ella esercita su di me il dominio della razza, poiché da noi ancora sono i piú anziani che governano i giovani: ed io, che potrei esser libera come gli uccelli, non lo sono per niente.

– Nessuno di noi è libero; e schiavi della razza lo siamo un po' tutti.

– In fondo io sono di carattere spensierato e spregiudicato, – ella riprese, tentando di darsi un'aria d'allegria; – non ho paura della vita, non ho paura di nulla: anzi mi piacerebbe il rischio, il pericolo, per poterli superare: ho sempre il pensiero che qualche cosa d'insolito debba accadermi. E forse questo mio desiderio comincia ad avverarsi.

Ma poiché egli non rispondeva subito, a conferma di queste parole, tornò a ripiegarsi.

– La realtà è altra, – disse come a sé stessa; – la vita è cosí piatta, cosí monotona, e le persone tutte eguali, volte ciascuna al proprio interesse, sopratutto materiale, che non rimane che ripiegarsi su sé stessi e vivere di sogno.

– Lei parla cosí perché appunto finora non ha incontrato che simili persone, e quindi s'è creata intorno a lei quest'atmosfera di realtà povera: ma c'è qualcuno, sí, grazie a Dio c'è ancora qualcuno che pensa diversamente. Lei, signorina, – egli disse con accento di lieve amarezza, – non ha dato ascolto alle mie parole; non voglio dire ancora che non ci ha creduto.

– No, no, – lei rispose allora con slancio, agitando le braccia entro le ali del suo mantello col movimento della farfalla presa. – Anche lei non ha dato ascolto alle mie. Credo già a tutto quello che lei dice. Ma la conosco da cosí poco tempo...

– Dipende da lei conoscermi: vuole? Vuole? Mi guardi.

Di nuovo si guardarono; l'accento penetrante e caldo di quell'ultimo *vuole*... aveva acceso il sangue di lei come una richiesta d'amore: le sue labbra si gonfiarono per il desiderio d'un bacio; ma l'uomo giudicò ch'era presto ancora.

Quando, dopo il lungo colloquio, ella si scosse trasognata ricordando che doveva tornare a casa, l'ombra un po' livida del crepuscolo le sfiorò l'anima.

– Bisogna andare, – sospirò, e si piegò a guardare qua e là con l'impressione di aver smarrito qualche cosa. No, aveva tutto: i guanti ancora gonfi e caldi delle sue mani, la borsa di perline azzurre la cui bocca dorata lasciava vedere un interno profumato e colorito come un giardino; nulla le mancava, eppure aveva l'impressione di aver smarrito qualche cosa.

Aveva smarrito sé stessa dietro un sogno che già le destava un senso di rischio e di paura.

Si alzò ed egli le prese appena la punta delle dita, per salutarla e trattenerla ancora: e la guardava dal basso, col viso rasente al braccio di lei, con gli occhi che riflettevano la tristezza del crepuscolo.

– Quando ci rivedremo?

– Quando? Non so, – ella disse incerta: poi parve affidarsi a lui: – quando lei vorrà.

– Allora domani.

– Domani no; domani no.

Pareva avesse paura che il loro legame si stringesse troppo presto.

– Domani, – egli insisté, appoggiando il viso al braccio di lei; – ogni giorno che passa è perduto. L'aspetterò qui; non andrò via di qui finché lei non torna.

Ella rise lievemente, ma sentiva l'alito di lui penetrarle la buccia della veste e scaldarle la carne; e non riusciva a staccarsi, finché d'un tratto egli non si sollevò di slancio, come un bambino, che ha trovato la risoluzione a un suo problema.

– Verrò io a cercarla.

– No, la prego, non venga, per adesso, – disse allora pacata. – Tornerò io, qui, alla stessa ora, fra tre giorni.

E dopo che egli le baciò le dita per ringraziarla, se ne andò lieve, trascinandosi sul suo mantello tutti i tenui colori rossicci e dorati del tramonto, tanto che il suo mantello stesso parve stemperarsi in fondo al viale, sull'orizzonte del giardino.

Allora l'uomo tornò a volgersi verso il lago già scuro nell'anello scuro dei lecci; e i suoi occhi parlarono col mistero dell'acqua che rifletteva il mistero della sera.

Amava già davvero la donna? La desiderava, certo, poiché era bella, fresca, ancora inconsapevolmente sensuale: e pensava a sposarla; ma avrebbe pensato egualmente a questo, s'ella non fosse stata la donna ch'egli era andato di proposito a cercare?

– Non le nascondo che io sono alquanto indolente, se non pigro, – le disse, quando ella ritornò come dopo aver semplicemente fatto il giro del giardino ed egli fosse rimasto lí davvero ad aspettarla; – la mia natura è un po' quella del contemplatore, ma di una contemplazione, dirò cosí, esteriore, perché mentre mi piacciono magari fino all'estasi le linee, i colori, le luci, i movimenti e le trasformazioni delle persone e delle cose, il piú delle volte rimango, nel contemplarli, ugualmente piegato su me stesso, e solo di rado il paesaggio e l'ambiente della mia anima si fondono col paesaggio e l'ambiente che mi circondano. Ho tante cose mie a cui pensare, – riprese, poiché lei ascoltava con curiosità silenziosa e quasi religiosa, – tanti problemi da risolvere, che non amo occuparmi troppo di quelli degli altri; mi piace quindi muovermi il meno possibile, contemplare e pensare. Per questo, odio andare con la folla; mi piace la carrozza piú che l'automobile, e amo gli angoli caldi e molli dei salotti dove uomini d'intelligenza discutono di cose che mi piacciono, mentre i colori delle donne belle e fini contrastano con quelli dei fiori e dei quadri. Lei mi dirà: «Insomma lei è un gaudente e un bell'egoista»: gaudente forse sí, se s'intende parlare solo del gaudio dello spirito: egoista no, proprio no. Non sono, per esempio, capace di far soffrire neppure una bestia, neppure un fiore, per il godimento mio, anzi, se la passione mi muove, sono pronto a tutti i sacrifizi. Non per vanità, ma in guerra ho fatto silenziosamente il mio dovere senz'altro scopo che quello di farlo.

E narrò, con la sua voce fredda e incolore dei momenti comuni, episodi tragici nei quali egli s'era giocato la vita come i bambini un soldo a testa o croce.

Ella ascoltava attenta, avida; un'ombra di preoccupazione le velava però gli occhi.

Anche il tempo era alquanto strano: l'aria pesava, sebbene chiara, come un vestito non piú adatto alla stagione; e il lago, la luce, gli alberi e il cerchio del cielo sopra di essi avevano una tinta di verderame: i fiori si piegavano mortificati, e c'era qualche cosa di decomposto intorno.

E le cose che l'uomo diceva pareva aggravassero quel senso di malattia.

– Che ha oggi? Sembra triste. La sua parente sta forse male? – domandò guardandola anche lui un po' annuvolato.

Non gli sfuggi ch'ella stringeva le labbra per chiudervi un sorriso incerto, forse destato dal dubbio ch'egli avesse fatto quella domanda ironicamente.

– Mia zia sta benissimo. È una donna forte, che sa vincere anche le sue malattie. Si è accorta immediatamente che qualche cosa d'insolito m'accade; e allora, poiché mi piace la franchezza, le ho raccontato tutto; e lei non è contenta.

– Perché non è contenta?

– Ma perché dice che troppa distanza è fra noi: lei d'origine troppo alta, io troppo bassa: e i segni della razza non si cancellano, lei stesso lo afferma. Le radici sono la forza maggiore dell'albero.

– L'amore, – egli disse con tristezza, – è la sola radice della vita. Certo, se lei non mi amerà, come già sento di amarla io, non potremo intenderci mai.

– È questo, anzi, quello di cui ho piú paura. Ho paura d'innamorarmi troppo, e di soffrire.

– Maria!

Già l'accento stroncato della passione vibrava in questo nome pronunziato per la prima volta, e pronunziato con rimprovero, con riconoscenza e tenerezza. Ed ella trasalí, come se venisse chiamata d'improvviso e di lontano da qualcuno che la cercava affannosamente nel buio.

Un velo di silenzio li avvolse, li mischiò: come se davvero s'incontrassero nel buio e si stringessero, liberi di tutta la scoria che li divideva nella luce, anime nude.

– Dopo tutto, – egli riprese, – non vorrei che lei s'impressionasse per quanto io le ho raccontato e le ho detto poco fa: non vorrei che lei, insomma, mi credesse davvero un gran signore o un degenerato. Sono un buon ragazzo, in fondo, e la vita bella mi piace come piace a tutti i giovani sani e intelligenti. Sono un sognatore, ma, a suo tempo, anche un uomo d'azione, e, appunto come tutti gl'indolenti, attivissimo. Prima della guerra, appena dopo conseguita la laurea, avevo aperto uno studio d'avvocato, e con successo: ancora ho questo piccolo studio in provincia, e se sono qui è perché voglio trasferirmi in un più ampio cerchio, e lavorare e guadagnare: voglio avere una casa mia, una famiglia, un posto sicuro nel mondo. Ero venuto da lei, quel giorno, se lei ricorda, per ottenere il terreno onde fabbricare la casa; poiché, – aggiunse con la calda rapidità dell'avvocato che conclude una difesa importante, – giú da lei è tutta una città nuova, da conquistare e dominare.

Di nuovo il silenzio li strinse, ma questa volta ostile e ambiguo. Entrambi pensavano, con desiderio e rancore, che c'era una casa già bella e fatta, da offrire all'uomo che come l'uccello in amore voleva costrursi il nido: poi egli, offeso contro sé stesso per questo desiderio istintivo e contro di lei colpevole solo di indovinarlo, riprese con forza:

– E avrò tutto quello che vorrò, perché quello che voglio è semplicemente umano e mi è dovuto. I nostri padri, il mio e il suo, sono morti giovani per aver il mio troppo goduto, il suo troppo voluto. E l'ombra delle loro inquietudini e, diciamo pure, della loro ignoranza delle leggi della vita, grava ancora su noi. Ma io voglio liberarmi di quest'ombra: voglio godere, ma fino al limite che la natura mi concede, e volere senza sforzo, con pazienza e misura. Quando avrò cinquant'anni sarò al culmine della mia giovinezza, a cavalcioni della vita. Voglio dominarla e conquistarla io, questa vita che giudichiamo come una cosa esteriore e che bisogna invece chiudere in noi, farla diventare noi. Ha capito, signorina? – disse volgendosi d'impeto, col viso schiarito, felice di essersi espresso bene e definitivamente.

Ed ella ebbe quasi paura; paura di perderlo, di non contare piú nulla in questo avvenire lineare e chiaro di lui. Come fare per riprenderlo? Sentiva di averlo offeso, col riferirgli il giudizio della zia contadina; e sopratutto col dimostrargli ch'ella non era completamente libera e fuori della sua razza; e pensò di difendersi anche lei, con un istinto di ripresa su lui che le mandava alla bocca le parole fredde e uncinate come le branche dell'ancora.

– Credo di sentire e di pensare in fondo come lei: ma sono una donna, e poco posso fare. Se le ho riferito il parere di mia zia è perché tutto sia chiaro fra di noi. Non le nascondo che questa donna esercita un certo potere su di me: come le dissi non sento di amarla, ma a volte l'ammiro. È una donna di carattere, una donna che pensa: non conosce la vita, ma la intuisce in modo straordinario: vede le cose in una luce cruda, ma precisa, e giudica e prevede tutto con freddezza matematica. Nel caso nostro può darsi che si sbagli. E del resto, lei dirà: «Che le importa di questa donna?» È vero, io non dipendo da lei, sono completamente libera: eppure c'è un fatto quasi misterioso che mi unisce a questa donna, come alla radice della stirpe, un fatto che ha dell'inverosimile e del simbolico, mentre è terribilmente materiale. Adesso glielo racconto, e la prego di credere ad ogni mia parola, come fossi in punto di morte.

«Dunque, – riprese dopo un ansioso attimo di silenzio; – devo dirle che mio padre è morto in modo tragico: è caduto dal cornicione di una fabbrica che si collaudava, e la sua morte fu atroce: il suo corpo era tutto fracassato, ma l'anima sopravviveva intatta. La sua agonia fu lunga. Questa nostra parente lo assisté fino all'ultimo, promettendogli di vigilare su di me. Allora egli, che era, davanti alla morte, ridiventato l'uomo dritto e semplice dei monti, le consegnò una collana, che aveva ricevuta in pegno non so ancora da chi, per un prestito di molte migliaia di lire. La collana è di perle, di molto valore. Ebbene, questa donna s'impegnò di custodire la collana finché non si fossero presentati i creditori a ritirarla, o fino alla scadenza del credito, che era fissata non oltre i trent'anni. Credo ne siano già passati venti: fra altri dieci, se i creditori, che pare abbiano un documento legale che li garantisce, non si presentano, la collana dovrebbe esser mia. Chi mi assicura però che questa donna voglia ridarmela? La tiene nascosta, e lei assicura che i creditori, o i loro eredi, si presenteranno, poiché ogni giorno cresce il valore delle perle. Se io disgusto questa donna, se lei si allontana da me, o io da lei, che accadrà? Devo dirle un'altra cosa: da principio lei teneva il gioiello in casa, nascosto, e credo abbia preso l'abitudine di non uscire, per paura che glielo rubassero. Qualche volta, di notte, quando nessuno la vedeva, cingeva la collana per tener vive le perle. Ebbene, io spiavo dal buco della chiave, per poterla vedere; ma non ci riuscivo. La mia adolescenza è stata tutta un sogno di questa collana: non la richiedevo mai, ma ci pensavo sempre e di notte la sognavo. E mi pare un sogno, un fatto avvenuto dieci anni or sono: ne avevo già quasi quattordici, ma ne dimostravo di piú, e già qualcuno per la strada mi diceva parole d'amore. Tutto un fermento di primavera mi agitava; e un giorno che la zia era andata giú dagli inquilini del villino, io penetro nella sua camera, frugo, trovo in un posto molto prosaico, sotto il materasso, un astuccio di pelle; e mi è facile aprirlo, e dentro c'è la collana: me la metto, e per la gioia, o anche immaginandomi di essere in una grande festa, tento qualche passo di danza; ella mi sorprese, e mi bastonò ferocemente: per questo anche le serbo rancore. Dopo, credo che abbia depositato la collana nella cassetta di sicurezza di una banca. Ebbene, questa collana mi unisce a lei non tanto per l'avidità che io ho di averla, quanto per il problema se ella, a suo tempo, vorrà o no consegnarmela. Io non ho nessun documento che possa provarne la proprietà: tutto sta nella volontà della zia, nell'onestà della razza. Lei, la zia, sente che io non l'amo, e forse è piú che altro per tenermi legata a lei, che esercita questo dominio su di me. Ma forse è arrivato il tempo di liberarmene.

Quando finí di parlare ella guardò l'uomo trasognata: riprese dominio su di sé accorgendosi però che anche lui aveva il viso tormentato e smosso; e che la guardava come si guardano i malati di mente e si dà loro l'illusione di crederli sani.

Con un movimento rapido e sicuro si tirò sulle spalle il mantello che aveva lasciato rallentare, se lo chiuse sulla gola e parve accigliarsi per lo sforzo. Egli a sua volta sentí che bastava una parola imprudente per offenderla e farla andar via: allora disse:

– Lei è ancora la bambina che cerca la collana come il simbolo della vita. Da adolescenti si sogna la vita come una festa in una grande città ove convengono i piú ricchi del mondo: e si vorrebbe essere il ricco dei ricchi, il re della festa; e l'adolescenza è la piú triste delle nostre stagioni appunto perché l'istinto ci avverte che nulla di quanto sogniamo avverrà; o peggio ancora, che invece della festa ci aspetta una solenne bastonatura. Sua zia, non ne dubito, le restituirà la collana: intanto lei, però, deve davvero liberarsi dai pregiudizi e dalle visioni di razza, e guardare in faccia la vita com'è, e decidere da lei il suo destino. Vorrei anche dirle che la vita le offre la sua piú bella, la sua vera collana, quella che ci allaccia all'eternità: ma non voglio fare della poesia, e non voglio premere sul suo cuore.

Ella riaprí il mantello, con un gesto di abbandono, ma anche per respirare meglio: e aveva negli occhi le ombre di chi vuol buttarsi in un precipizio.

– Capisco, sí; l'amore. L'amore vero, – disse con voce cruda; poi piegò la testa come le rose intorno sotto il peso del tempo che le appassiva.

Qualche cosa colpí l'uomo nel profondo della sua coscienza.

– Lei ha ragione, – disse con umiltà. – L'amore che io le offro adesso non è ancora quello che lei vuole, al quale ha diritto per la sua bellezza e la sua bontà. E noi due, qui, siamo ancora due sconosciuti che s'incontrano per caso in questo giardino, e cercano di piacersi a vicenda solo per il loro fugace piacere. Tutto è buono per piacersi e piacere, anche l'inganno, sopratutto l'inganno. È il mestiere, o diciamo l'istinto, dell'uomo e della donna che s'incontrano. Ma speriamo che cosí non sia di noi. Speriamo.

Sospirò anche lui, con pena, come il malato stanco della sua speranza di guarire, poi riprese:

– Mi lasci sperare. Sopratutto in me stesso. Io ero malato, prima di conoscerla, e ancora forse lo sono. Malato di cattivi sogni, di ambizioni crudeli, di una concezione quasi bestiale della vita. Volevo conquistarla, questa vita, come una preda, a qualunque costo; ero come un affamato, un dissanguato che ha bisogno di nutrirsi di carne cruda: e non mi accorgevo che il germe vero della vita era moribondo in me. – Mi lasci dire tutto, – riprese ancora, dopo una pausa scura, paurosa. – Quando lei mi aprí la porta fu il rischiararsi di questa tenebra che mi avvolgeva, fu l'aprirsi del cielo dopo la notte. Ho provato, e lei se n'è accorta, la stessa gioia dello sperduto in una foresta nell'incontrare il suo simile che può rimetterlo nella buona via. Sí, certo, tutto questo è già amore, ma non ancora passione, quella passione che brucia e purifica e costringe a ricominciare la vita. Ma dipende da lei che lo diventi.

– Come devo fare? – ella domandò giungendo le mani sul grembo e scuotendo la testa sempre china.

Egli si volse a guardare nel viale: e poiché il tempo si finiva di corrompere e torme di nuvole bigie e feline come tigri s'avanzavano di corsa dall'orizzonte, vide che il giardino s'era fatto deserto: solo in lontananza figurine rosse e spregiudicate di bimbi volteggiavano coi petali dei fiori strappati da un primo soffio di vento. Allora si rivolse e insinuò la mano intorno alla vita della donna, palpando la stoffa rasata del vestito quasi fosse la nuda pelle di lei; ed ella trasalì, nel profondo delle viscere, e quando egli supplicò: «Mi dia un bacio», chiuse gli occhi e impallidì mortalmente; ma nel riaprirli, dopo il bacio, tutto le parve più vivo di prima, dentro e fuori di lei, tutto mutato, iridescente e capovolto come riflesso in una bolla di sapone.

Dopo questo colloquio decisivo, l'uomo rimase solo nel giardino minacciato dalla bufera. Come un ubbriaco, che sa d'esserlo, aveva paura a muoversi, con l'impressione che tutto si torcesse e lottasse intorno a lui per le forze opposte che lo squassavano dentro.

La mano che aveva avvinto la donna tremava anch'essa accompagnando l'agitarsi delle foglie; per dominarsi egli la tirò su, la chiuse e la riaprí forte, infine la mise sotto l'ascella, sopra l'altro braccio incrociato, e aspettò che tutto, dentro e fuori, si schiarisse. Sentiva il suo sangue rombare col vento: nuvole e nuvole salivano da tutte le parti, e la cupola sopra il lago risonava, per il mormorío degli alberi, come quella di una cattedrale nella sera del venerdì santo, quando le turbe cantano e piangono per dolore di morte e speranza di risurrezione.

Egli palpava, sotto la stoffa della sua giacca, il documento del quale aveva parlato la donna, la carta dove il padre di lei dichiarava di aver ricevuto in pegno, dalla madre di lui che si era però presentata col suo solo nome di ragazza, la collana di perle: e pensieri e pensieri, problemi, scrupoli, induzioni e propositi, gli salivano al cervello come le nuvole sopra il lago, destandovi un turbine.

Egli sapeva che la collana era stata impegnata da sua madre a un prezzo di usura, per la salvezza e l'onore del loro nome: perché l'usuraio speculatore non ha rivelato alle sue donne questo nome? E perché tu, egli chiede a sé stesso, non hai detto subito alla donna che ti rivelava il segreto, il segreto tuo? Perché non le hai detto che dopo aver per lunghi anni tu pure sognato il recupero della collana, per riaverla a qualunque costo sei sceso nella città, come il palombaro in fondo al mare alla ripesca d'un tesoro naufragato?

E perché non squarci tutta la tua coscienza davanti a te stesso e non confessi che in fondo la collana è il filo che ti guida verso la fortuna della quale hai bisogno per ritornare nell'atmosfera di pigrizia e raffinatezza dei tuoi avi?

«Insomma,» disse brutalmente a sé stesso, «poiché la fortuna non ti assiste in altro modo, tu sei venuto a cercare e conquistare la figlia dello speculatore; siamo pari, dunque, e se Dio ti richiama, nella sua infinita bontà, e desta amore dove poteva nascere odio e forse anche delitto, di che ti lamenti?»

Si lamentò davvero, col vento, coi rami stroncati, con l'acqua del lago: e desiderò che la bufera scoppiasse furiosa e travolgesse anche lui.

E pensò di sbranare la carta e disperderla al vento: e pensò di fuggire, di non rivedere mai piú la donna: ma non si mosse, non levò le braccia dal petto. L'istinto della salvezza lo reggeva, e sentiva di difendere, con la carta, il suo stesso cuore, la sua coscienza stessa.

«Forse sarò davvero l'uomo che ho descritto a lei,» pensava: «lavorerò; Dio mi aiuterà.» Infine stanco si abbandonò su sé stesso, sulla panchina umida, come davvero un viandante alla mercé di Dio; finché il tempo si rischiarò e nella sera ridivenuta fredda apparve in una conchiglia di nuvola la perla della luna nuova.

Una sera la giovine donna tornò a casa piú tardi del solito: di volo si spogliò e si rivestí e corse nella sala da pranzo. La tavola già apparecchiata e la zia che aspettava nella terrazza, seduta un po' stanca, l'accolsero con rimprovero silenzioso.

Ella aggiustò qualche oggetto sulla tovaglia damascata, e aspettò che l'altra si movesse: e poiché l'altra non si moveva, fece il giro della tavola, fece il giro della stanza: le ali della gioia la portavano: tutto era lieve e felice, nel mondo; e quella sala da pranzo, non vasta ma armoniosa, con le pareti verdoline marezzate d'oro, coi mobili di noce, rischiarati da borchie di maiolica nel cui sfondo liquido nuotavano pesci grotteschi e rami con frutta fantastiche; la vetrata della terrazza aperta sull'orizzonte dove la linea azzurra dei monti si perdeva nell'azzurro rossastro del cielo, tutto le ricordava ancora l'angolo del giardino sul lago, dove l'uomo le aveva domandato di essere sua moglie.

Ma perché la donna sulla terrazza non si muove? La sua figura nera ingombra l'orizzonte, e la giovine, nel guardarla di sfuggita, ha l'impressione di vederla per la prima volta.

E per la prima volta quella figura piccola, sfatta e cascante, le appare con qualche cosa di tragico nel vestito nero lungo fino ai piedi, nel viso pallidissimo con la bocca chiusa dolorosa e gli occhi nascosti dalle grandi palpebre violacee: e sopratutto nei capelli corti e folti, da una parte neri dall'altra bianchi, sollevati sulla fronte con due archi ribelli: capelli che tendevano in su come la fiamma e si staccavano continuamente dalle forcine che li fermavano.

– Zia, – disse con voce infantile, dalla vetrata, – non vieni? Sei stanca, vero? Ho tardato, vero? Ma ti dirò poi il perché. Vogliamo mangiare? Zia...

La sua voce era infantile, sí, e carezzevole anche, come quella dei bambini che desiderano qualche cosa; ma l'altra conosceva bene quella voce, e non si lasciava sfiorare dalla sua carezza interessata. Una curiosità gelosa, piuttosto, la sciolse alquanto dalla sua indifferenza ostile.

– Che ti è successo? – domandò senza muoversi.

La giovane uscí sulla terrazza e si appoggiò con la schiena alla balaustrata, tentando quasi di fondersi con la grande luce del cielo per nascondere la fiamma che la illuminava dentro; ma tutto la tradiva, i capelli crespi che le raggiavano intorno al viso, sul rosso dell'orizzonte, e gli occhi, i denti, le mani, lo stesso tremolío della gola d'argento.

L'altra la sentiva come si sente la fiamma accanto; era una fiamma però che non la toccava, seppure la infastidiva alquanto: poiché, infine, non era che la grande illusione.

– Zia, ricordi quel signore, quel conte Giovanni Delys, del quale ti dissi tempo fa, che venne per sapere se si vendeva il terreno qui sotto? Ebbene, zia, – riprese dopo un attimo di inutile speranza di risposta, ma durante il quale sentí che l'altra sapeva già tutto, – qualche giorno dopo egli mi scrisse una lettera, una dichiarazione d'amore. Non te ne parlai perché mi parve uno scherzo, una mistificazione: ebbene nei giorni scorsi ho incontrato di nuovo quest'uomo. Mi seguiva, mi aspettava dove sapeva che dovevo andare; e oggi finalmente si avvicina, mi chiede il permesso di parlarmi, mi dice che le sue intenzioni sono serie, che m'ama e vuole sposarmi. Non è ricco, ma possiede il tanto da poter vivere discretamente, ed è un gentiluomo autentico. Ho risposto che mi riserbavo di parlare con te: ed anche lui ha espresso il desiderio di fare altrettanto.

– Parlare con me? Perché? – disse subito la donna, con voce che respingeva.

– Zia! Me lo domandi? E se non si parla con te con chi si parla?

– Io non sono tua madre né tuo padre: e tu sei abbastanza grande per vedere quello che ti conviene.

– Io non ho altri al mondo che possa proteggermi; e anche per una formalità, e anche perché tu possa giudicare l'uomo.

Allora l'altra parve raddolcirsi, ma sempre con un fondo di ostilità e diffidenza.

– Tu parli come una bambina che sei – (anche lui le aveva detto altrettanto; e poiché veniva cosí giudicata scusò con sé stessa le cose non vere con le quali istintivamente si difendeva).

– E parlami allora come ad una bambina.

– In questi affari nessuno può vederci chiaro, neppure il padre e la madre; e ogni intervento di terzi può causare un disastro. Se io vedrò l'uomo lo giudicherò secondo il mio istinto, che è diverso dal tuo: a che può giovarti un mio parere? Tu sei libera, non devi nulla a nessuno; solo un consiglio posso darti: cerca di conoscere bene l'uomo prima di innamorartene. Se l'ami già non arriverai mai a conoscerlo. È finita, – disse poi, nel veder la nipote piegare la testa; – tu sei già nella sua rete.

– È per questo che io vorrei aiuto. Come posso conoscere l'uomo se non l'avvicino? E dove posso avvicinarlo se non qui? E qui, se tu ti mostri estranea e ostile, come posso riceverlo?

– Hai chiesto informazioni di lui?

– A chi posso chiederle? Sono cose che si dovrebbe fare assieme, noi due. Che ragioni, d'altronde, avrebbe egli di ingannarmi? – domandò arrossendo: e lei sola sapeva il perché del suo rossore.

L'altra era ricaduta nel suo abbandono stanco.

– Altre volte, – disse senza calore, – hai ricevuto dichiarazioni d'amore, e proposte di matrimonio, e non ti sei mai preoccupata cosí.

– Perché non mi convenivano. Adesso si tratta di un uomo intelligente, nobile e bello, senza contare la sua posizione discreta. Eppoi mi piace: è questo. Mi piace.

Il suono di quest'ultima parola aveva alcunché di sensuale e provocante come quello di un bacio: l'altra tornò a ravvivarsi.

– È questo! E tu sei certa di piacere a lui?

– Sí, sí, – ella disse con sicurezza ardente: – di tutto posso ingannarmi, di questo no. Mi ama, mi vuole, lo sento.

– Ha ragione: sei bella e giovane e lo ami: siete già nella rete.

Nonostante la sua ebbrezza la giovine provava una sorda irritazione nel sentire parlare cosí: le sembrava d'essere schiaffeggiata, che la realtà stessa parlasse per bocca della zia.

– Tutti siamo nella rete dell'illusione, finché siamo vivi, – disse imitandone senza volerlo l'accento stanco velato di sarcasmo. – Ma guai se cosí non fosse: di che si vivrebbe? Ad ogni modo non insisto: ancora dovremo parlare di questo affare. Adesso andiamo a mangiare, zia. Ho fame.

E parve volersi vendicare.

Ma a poco a poco, giorno per giorno, la zia si convinse della necessità di ricevere in casa il pretendente.

Quando la giovane usciva, in quei pomeriggi già caldi agitati da un vento denso di polvere e di odore di giardini, che veniva d'occidente e pareva il soffio della grande città e delle sue passioni e dei suoi piaceri, la donna provava un senso d'inquietudine e di gelosia.

Era sola in casa e le sembrava di trovarsi in un'isola deserta: da tutte le finestre delle camere lucide e silenziose pareva straripasse il mare, di un azzurro laccato e di un verde cangiante; e l'ondulare dell'erba dei prati e la tenda arancione della veranda, gonfia e stridente come una vela, aiutavano quell'impressione.

La donna amava questa chiara solitudine ma ci si sentiva sperduta, anche lei come una barca senza padrone. A che le serviva la vita? Non amava nessuno, neppure quella sua compagna che non l'amava; e i giorni le passavano eguali, inutili nella loro tranquillità esasperante.

Vagava di camera in camera, creandosi l'illusione di fare qualche cosa, finché stanca dei suoi pensieri piú che di fatica cadeva sulla sedia di vimini della terrazza e vi si dondolava alquanto come un bimbo nel suo cestino.

Sotto, il terreno da vendersi spiegava un panorama in piccolo, con le sue boscaglie di ortiche e ginestre, i sentieri, i ciglioni, le pianure giallastre e i laghi, avanzi dell'ultimo acquazzone: a volte vi pascolava un gregge, e allora gli acquedotti delle pecore in fila ferme a brucare una dopo l'altra gli orli erbosi aumentavano quel senso di campagna vasta ventilata, e la terra pareva ricominciasse a vivere una vita pastorale che rimuginava nel cuore della donna un fondo di nostalgia.

Era nata per vivere accanto alla terra, lei, con l'erba e la neve, col vento le pietre e il sole e le bestie; per incontrarsi con un uomo della sua razza e procreare con lui: invece la vita l'aveva buttata nella città, in quella gabbia lucente dove solo il vento le portava la voce della patria lontana, delle cose perdute.

E questa nostalgia le piaceva: era ancora un senso di giovinezza, di illusione, quindi di vita.

E invidiava, l'altra, la giovine, perché sentiva che se almeno un uomo come *quello* che pareva venisse dal mondo del sogno o dal paese delle avventure meravigliose, si fosse presentato anche a lei, la sua sorte mutava. Del resto sorrideva di sé stessa nel sorprendersi a pensare ancora a queste cose.

L'uomo anziano, pacato, che passa laggiú nella strada in costruzione e si ferma e si volge a guardare il terreno e solleva gli occhi placidi azzurrini a osservare il villino e lei sulla terrazza, che direbbe se sapesse che quella donna coi capelli già bianchi pensa ancora all'amore? Ma finché la donna è viva e la luce del sangue non si è spenta nella sua carne, che può fare se non pensare all'amore?

Il passante arriva in fondo alla strada, fino alla siepe dove i ragni lavorano e gli uccellini nuovi fanno esercizi di volo; poi torna indietro, con una mano in tasca e l'altra, che pare abbia una presa di tabacco, sulla schiena quadrata, e adesso i suoi occhi sono sempre sollevati a guardare la donna. Non è anziano come sembrava a prima vista, ma neppur giovine; mezza età ben conservata da un corpo robusto ancora agile, statura giusta, vestito comodo, di stoffa inglese, camicia bianca con bottoni d'oro ai polsi, viso florido con la fossetta al mento: uno, infine, che forse le converrebbe.

E un senso di calore la rianima; le sue palpebre grevi s'alzano, come sollevate da quello sguardo di uomo: egli, certo, non sa chi ella sia, e se la fissa cosí è forse perché gli piace: oltrepassato il villino, egli infatti si volge ancora a guardarla, infine si allontana piano piano, a malincuore. Ma quando non lo vede piú, la donna torna a sogghignare di sé stessa; e pensa ancora che il suo corpo è vicino a sfarsi come il frutto troppo maturo, e che il crepuscolo grigio della vita le ha già afferrato i capelli.

E l'altra che non rientra? Un cattivo impeto di rancore, quasi di odio, la rianima di nuovo. Ha l'impressione che la giovine le rubi qualche cosa, che s'abbia preso troppa parte del bene della vita: o almeno che esista uno squilibrio ingiusto fra lei che non ha nulla e l'altra che ha tutto. E pensa infine all'affare della collana, poiché da lungo tempo sa che è questa la sola catena che le unisce.

Allora sogghigna una terza volta; poi si rattrista della sua diffidenza: ecco, è la tazza velenosa alla quale ha sempre bevuto. Perché non credere? Perché non amare? Perché non amare solo per amare, fuori di sé stessi, fuori della miserabile carne? L'amore ha tanti raggi come il sole, e piú è fuori della carne piú è perfetto. L'altra avrà bambini, un giorno; e riamare la vita nella vita di un bambino è più che amare un uomo.

Lagrime di tenerezza, dolci perché erano lagrime, le rinfrescarono i grandi occhi ardenti; e le pareva che davvero un bambino che l'amava, che finalmente l'amava perché lei lo amava, le buttasse ridendo sul viso e sul petto manciate di perle.

Il vento di ponente cessava; cessavano le voci eccitanti della natura in amore.

E di là dal silenzio azzurro che allagava la casa si sentiva adesso la voce della città. Ed era come il ronzío della febbre che dopo il tramonto stordisce l'ammalato: un mormorío di delirio stanco, un roteare incessante in un labirinto senza uscita; e gridi, suoni di campane, fischi di sirene intrecciati in una spira soffocante; e vibrazioni d'incudini disperate, e un rombo, un rombo di fiume umano stretto fra gli argini del cielo e della terra.

A poco a poco il rumore prendeva un tono armonioso e solenne. Sembrava un'orchestra fatta di mille strumenti; e suonava la sinfonia del bene e del male, del dolore e della gioia della grande città: e l'accompagnava un coro di pellegrini in viaggio verso il paese dell'eternità.

Finalmente l'altra rientrò. Si sbatté un po' smarrita qua e là come un uccello di nido che fallito il primo volo è per sbaglio entrato in una casa; poi, dopo aver guardato dalla vetrata con ansia silenziosa: – Non vieni? È pronto, – disse piano.

La zia non si moveva, con le mani raccolte in grembo, il viso illuminato dal riflesso del cielo già chiaro di luna: pregava? dormiva?

Una pena e una speranza terribili risonarono nella voce dell'altra.

– Zia? Zia?

– Eh, che c'è? Non sono morta, no!

– Ti ho chiamata due volte: che hai?

– Ma niente: adesso verrò; dimmi prima perché hai fatto cosí tardi.

E poiché dall'accento fermo di queste parole intende che è giunto il momento, da lei aspettato, di dire tutta la verità, l'altra si abbatte per terra, come uno che non ne può piú.

– È tempo di dirtelo, sí, dove sono stata. È tempo, – singhiozza, premendo la mano sulla fronte per fermarvi le idee. – Sono stata ad un appuntamento con lui, con quell'uomo. Ed egli insiste nella sua proposta di sposarci, e vuole parlare con te. È necessario.

– Ma veramente è proprio necessario? perché?

L'altra si piega di piú, quasi per raggomitolarsi non per istinto di difesa ma per farsi tale che la zia, saputa la verità, possa scansarla e buttarla lontana col piede.

– Ascoltami. Ti ho detto che un giorno egli venne per cercare di te, per il terreno: ho aperto io. Egli domandò: «È lei la signorina Maria Baldi?» Io risposi di sí. E non mi chiamo anch'io Maria Baldi? Maria Baldi mi chiamo, sí, come tu ti chiami. Ed egli mi ha scambiato per te: e ancora crede che sia io la Maria Baldi ricca e non sa che invece sono semplicemente la tua beneficata.

L'altra spalanca gli occhi per ascoltare meglio: finalmente ride, ma contro sua volontà, come solleticata.

– Ma cos'è quell'uomo? Un idiota?

– Oh, tutt'altro, – dice la voce di pianto.

– Ma, scusami, è cosí imbecille da non prendere informazioni, da sbagliarsi cosí?

– È cosí, zia, è cosí: perché dovrebbe prendere informazioni, se io stessa gli faccio credere quello che lui crede? Sono io che gli dico di essere Maria Baldi la padrona e non Maria Baldi la serva. Non ridere, zia, non ridere: mi fai male.

– Maria!

– Sí, sí, non protestare e non offenderti. Che cosa sono io se non la tua serva? Che ho fatto e che faccio io per te se non quello che fa la peggiore delle serve? Tu hai raccolto in casa e assistito il povero babbo, quando cadde dalla fabbrica del tuo stabile, e lo hai fatto almeno morire in pace promettendogli di tenermi con te come figlia. E hai fatto per me quello che credevi il tuo dovere: e adesso io, invece, ti ho rubato anche il nome, come quel giorno volevo rubarti la collana.

– Dio, Dio, – disse la donna con un sospiro profondo. Vampate di rossore le accendevano adesso il viso, che poi s'imbiancava di piú. Alzati, – disse con durezza; – sei sempre in tempo a smentirti.

– Anche la collana gli ho dato a intendere ch'è mia, anche la collana! E da principio mi sembrava un gioco, un'avventura: volevo solo vedere come è un uomo: adesso è una tragedia, perché lo amo e non posso rinunziare a lui, e ho vergogna a dirgli la verità; anche oggi ho provato, e non è stato possibile. Ho voglia di morire, zia: mandami via, mandami via; vedrai che saprò espiare.

– Ma egli cosa dice, a proposito della fortuna?

– Nulla, dice. Egli dimostra una perfetta indifferenza per tutte le cose materiali che non riguardano il nostro amore. E dice che se non basterà la sua rendita, per la famiglia, lavorerà. Vuole lavorare; ha già stabilito di aprire uno studio legale, con un altro avvocato suo amico. Io non so, però, se conoscendo il mio vero essere mi vorrà egualmente. Io sono certa ch'egli veniva a cercare di te, ma sono anche certa che adesso mi vuol bene. Che fare, dunque? Dimmelo tu che cosa devo fare!

«Bisognerebbe rompere, lo so, – riprese cambiando voce, come fosse l'altra a rispondere; dirgli subito tutta la verità: ma è questo, io non ho il coraggio: e rompere è una parola. Oggi si rompe domani si riattacca, e siamo sempre lí, in una situazione penosa per tutti.

– Alzati, – impose l'altra, che aveva già vinto sdegnosamente il suo tumulto interno; – non esageriamo: è un'avventura come un'altra, e non è la prima e non sarà l'ultima volta che una donna cerca di ingannare un uomo e viceversa. Io penso che sarà bene che gli parli tu stessa, e subito anche.

Ma la sola idea di smascherarsi da sé, davanti a lui, pareva dare una convulsione di follia alla giovine donna. Non si alzò, anzi si raggomitolò di piú e cominciò a gemere quasi per un dolore fisico.

L'altra lasciò che si calmasse alquanto, poi riprese:

— Ma come ti è possibile di rivelarti con me, adesso, perché non ti è possibile di farlo con lui?

— Tu mi conosci; sai quello che sono: tu puoi ancora battermi e umiliarmi senza che io possa morirne. E puoi anche intendermi e compatirmi. È un momento definitivo della mia vita, questo: mi pare di essere in fondo a un abisso ma di poter salvarmi ancora, se tu mi dai una mano. Ma con lui, con lui no, non posso fare altrettanto. Sei tu che gli devi parlare: anche perché è necessario, per la mia coscienza, che tu e lui vi conosciate.

E d'un tratto sollevò il viso rosso di pianto, e guardò con coraggio la zia: la zia non la guardava, pallida, senza riuscire a nascondere un senso di ribrezzo: allora ella si alzò, un po' stordita ma con sollievo, come dopo uno svenimento.

— Tu mi hai inteso, zia: *egli veniva per cercare di te,* quel giorno: e bisogna che finalmente ti trovi.

La donna si mise di nuovo a ridere, un riso adesso che la illuminò tutta, e fece scintillare come rimessi a nuovo i suoi denti ancora intatti e gli occhi divenuti bellissimi: tanto che l'altra la guardò con sorpresa, e per riflesso si rischiarò anche lei.

Ma fu un baleno: l'ombra, piú fitta di prima, tornò a riavvolgerle. La donna giovine era però come invasa da un senso di crudeltà, contro sé stessa:

— Tu ridi, zia, e non sai che s'egli ti vedesse cosí, come ti ho veduto io adesso, forse ti preferirebbe a me.

Allora l'altra si alzò e disse con tristezza e ironia:

— Non andiamo sul tragico, e non burlarti di me anche. E se tu hai davvero questa bella fiducia in lui, e siete tutti e due entro una cosí fitta rete d'inganni, è meglio troncare e sul serio.

— La passione stessa, tu un giorno lo hai detto, e la vita stessa sono una rete d'inganni. Bisogna morire per uscirne. Io, per parte mia, prometto di non mentire piú: ma sento che ho commesso una colpa e che devo espiarla; e sarà forse questo il bene e non il male della mia vita.

— Io non so; non capisco queste cose e mi fa male pensarci. Mi piacciono le cose chiare, e forse per questo sono rimasta sola nella vita. Ad ogni modo, — aggiunse la zia con stanchezza, come per levarsi un fastidio, — se credi posso anche parlare con lui.

Lo ricevette il giorno dopo. Nel grande salotto chiaro e fresco con le finestre aperte sull'azzurro, le tende diafane palpitavano vibrando intorno un senso di attesa; e anche lei non nascondeva a sé stessa che aspettava con trepidazione mista di curiosità e desiderio di vendetta.

Vendetta per essere l'uomo venuto a storcere in qualche modo la linea della sua esistenza di ogni giorno, e sopratutto perché sentiva che nel dramma di quei due che dicevano di amarsi e s'ingannavano a vicenda in un gioco di maschere al veglione anche lei forse verrebbe involontariamente travolta.

Subito infatti, appena egli entrò, alto e sicuro, e si piegò a baciarle la mano restía, nel sentire il profumo di maschio raffinato che saliva dai capelli morbidi e dalla nuca scarna di lui, provò uno smarrimento fisico, come se la bocca di lui le soffiasse sulla punta delle dita l'alito delle bramosie che lo conducevano a lei: ma l'uomo non s'era ancora sollevato ch'ella già s'irrigidiva piú ostile di prima.

– S'accomodi.

Egli si accomodò di fronte a lei, e la sua persona parve seguire le linee della poltrona come questa fosse stata fabbricata su misura per lui, i piedi bene poggiati a terra, la nuca aderente al velluto gonfio dell'alta spalliera, e una certa espressione di abbandono nelle mani che seguivano senza stringerli i pomi in cima ai bracciuoli. Anche il viso e lo sguardo erano calmi, sebbene un po' stanchi, d'una stanchezza che finalmente si riposa.

«Tu credi di essere già a casa tua», pensò la donna con derisione feroce: eppure in fondo aveva quasi paura di doverlo crudelmente disilludere.

– Signora, – egli cominciò lentamente, un po' distratto, cercando le parole già preparate e che non riusciva a trovare subito, – lei sa già lo scopo della mia visita. Un caso fortunato mi ha fatto conoscere la sua nipote Maria; più che la sua bellezza l'espressione di bontà e d'intelligenza che le illumina il viso mi ha subito preso e vinto. Mi sono permesso di seguirla, di cercare di avvicinarla e conoscerla; e il mio piú vivo desiderio è adesso quello di poter diventare il compagno della sua vita.

Incoraggiato dall'impassibilità della donna che lo ascoltava come si trattasse di un affare d'interessi, riprese piú attento e rapido:

– So che la signorina non ha qui altri parenti che lei; per espresso e giusto desiderio suo e mio, ho quindi creduto bene chiederle l'onore di questo colloquio, anzitutto per conoscerla e farmi conoscere, e poi per domandarle se non ha nulla in contrario perché l'unione mia e di sua nipote avvenga al piú presto.

Dopo una lieve pausa, durante la quale guardò fugacemente verso una finestra come se l'agitarsi della tenda gli desse fastidio e lo avvertisse di qualche cosa nascosta, proseguí rallentando di nuovo le parole:

– Sua nipote le avrà detto che non sono ricco ma ho abbastanza per vivere modestamente; e una professione della quale conto di alimentare la mia fortuna.

Egli non continuò; anzi aggrottò la fronte, quasi pentito di aver parlato troppo.

Allora parlò lei, abbassando gli occhi per non partecipare alla triste impressione che le sue parole dovevano destargli, ma anche un po' sdegnata per quel cipiglio involontariamente fiero di lui.

– Lei ha ragione. Mia nipote è una buona ragazza, semplice, quasi ancora bambina. Ancora non conosce la vita e quindi agisce guidata, appunto come i bambini, dalla fantasia e dal desiderio del meraviglioso. O almeno cosí ha fatto fino a ieri. Ieri però qualche cosa è accaduto nella sua coscienza, che si è aperta d'un tratto come un fiore; ed io sono qui, incaricata da lei di una rivelazione che non so quali conseguenze debba portare. Quali esse siano, ad ogni modo, io sono qui pronta ad accettarle per tutti. Devo dunque dirle che mia nipote è di famiglia umile. Il padre, cugino del mio, era un semplice e povero muratore, ed è morto appunto in seguito alla caduta da una fabbrica. L'ho assistito io nella sua straziante agonia, e l'ho fatto morire tranquillamente promettendogli di tenere con me e considerare come mia figlia la sua bambina orfana.

L'uomo, a sua volta, aspettò ch'ella proseguisse: e poiché lei non proseguiva, uno smarrimento vertiginoso, come quello che doveva aver provato il muratore nel precipitare dall'alto, gli vuotò il cervello: la sua figura si piegò, il viso si decompose: si ricompose subito, però, si sollevò a guardare quello della donna, pauroso di lei.

Ella non lo guardava. Allora egli si esaminò rapidamente: sentí di essere come un viandante che, arrivato ad un posto comodo dove finalmente ci si può riposare, è invece costretto a rimettersi subito in viaggio: e gli parve di essere giocato da quella donna pallida e fredda, che non lo guardava per fargli intendere che vedeva tutto dentro di lui; giocato come il sogno dalla realtà: ma l'istinto della vendetta e della difesa gli riaccese le forze e gli riadattò meglio la maschera sul viso.

– Io amo la signorina, – disse con voce dura, – e non tengo conto della sua origine né delle sue condizioni materiali. Mi dispiace solo ch'ella abbia creduto necessario di mettersi, per piacermi di piú, un vestito che non era il suo. Il nome no, speriamo.

– Il nome no, – rispose la donna con una voce lontana come un'eco: e sollevò le palpebre e lo guardò con gli occhi infinitamente tristi: poi disse: – Lei è un nobile giovane, ed io sarò certamente felice di acconsentire ai suoi desiderii; però è giusto, appunto per riguardo a lei, parlare chiaro, e intendersi bene fin da principio. L'azione compiuta da mia nipote è tutt'altro che bella, ed essa lo capisce e se ne addolora forse piú del necessario: bisogna valutarla bene, moralmente e materialmente, prima di prendere una decisione che può essere fatale per tutti.

Dopo un attimo di attesa, parve prendere risolutamente le parti della nipote, quasi per difenderla davanti alla generosità forse più apparente che vera di lui.

– Non bisogna però dimenticare l'essenziale. Io mi spiego bene, in fondo, lo strano procedere della povera Maria. Trovandosi davanti a una persona distinta come lei, ha creduto di sollevarsi allo stesso livello con una menzogna fatta piú di vanità che di inganno: quando l'amore vero le ha toccato il cuore, la maschera è caduta e tanto caduta che la disgraziata non ha neppure piú il coraggio di presentarsi a lei cosí come veramente è; bisogna dunque compatirla e, se è possibile, perdonarle, ma non d'impeto come lei ora vuol fare. Ci pensi bene, prima; anche lei è giovane e non deve abbandonarsi al suo primo istinto, per quanto generoso sia.

L'uomo piegò la testa come davvero per riflettere; e pareva umiliato e triste: il suo viso però riprendeva quei solchi di terreno scavato che lo invecchiavano, e smentiva lí per lí le parole della donna. Ella quindi si sentí disorientata, e guardò anche lei nella sua coscienza per cercare di risolvere la sorte di quei due che in fondo si amavano.

Che fare? La verità sola può salvare la nostra coscienza nei suoi momenti ambigui; ed ella riprese con voce pacata:

– E forse anche la ragazza non credeva di mentire del tutto, poiché spera nella mia eredità. E io avrei l'obbligo di esaudirla, poiché il padre l'ho fatto venire io, dal paese, per finire la fabbrica del mio stabile, e cosí ho storto il suo destino. Senza di me egli non sarebbe morto, e morto in quel modo, e la vita della ragazza avrebbe preso un'altra piega. A parte questo, che può essere una superstizione, in realtà ella è la mia sola erede diretta, e può contare specialmente sulla collana, perché il mio povero padre la ebbe davvero da persona che si riprometteva di ricuperarla entro un dato termine: e lui, che era uomo di affari ma anche di coscienza, la lasciò a me, con l'obbligo di trasmetterla solo dopo la mia morte, agli eredi diretti, sempre con lo stesso obbligo, ove non venisse disimpegnata a tempo. E finora, ripeto, il mio solo erede diretto è mia nipote.

«Mi lasci parlare, – insisté, osservando un gesto di lui, di protesta quasi angosciosa: – è necessario. La vita è difficile e bisogna guardarla in faccia. Io non so quello che può accadere di me, domani: posso ammalarmi, ma posso anche trovare l'occasione o il bisogno di crearmi una famiglia. Sono vecchia? Sono giovane? Non lo so: a volte mi pare di essere vicina a morire, a volte sento un istinto profondo di vita. Non ci si sposa solo per amore; e la solitudine è terribile quando non si hanno preoccupazioni materiali.

– La nostra famiglia sarà la sua, – disse l'uomo con voce turbata: ma si pentí subito di queste parole perché la donna si fece, per istinto, diffidente, sebbene di una diffidenza che andava di là dalle cose materiali di cui si parlava, ma che egli, tocco nella sua coscienza, interpretò in altro modo.

– La vostra famiglia sarà la vostra, – ella disse con tristezza: – ognuno deve avere il proprio focolare.

Poi si scosse, si adagiò meglio nell'angolo del sofà, e sfiorò con lo sguardo le cose intorno come per assicurarsi che tutte erano a posto, ancora tutte sue.

Tutto era a posto, tutto era suo, e nessuno glielo poteva prendere poiché lei non voleva.

– Dunque bisogna intendersi: la ragazza può aver tutto un giorno, ma questo non dipende da me; dipende dalle circostanze e dai casi della vita, e la vita non è in nostre mani. Oggi come oggi non posso impegnarmi a nulla.

Allora egli, completamente offeso, sollevò la testa.

– Signora, la prego, non insista su questo punto. Io non voglio nulla. Capisco bene quanto lei vuol dirmi. Vuol dirmi che il mio avere non basterà per vivere: questo dipenderà esclusivamente da noi; e se non basterà, ripeto, lavorerò.

– Il lavoro, anche, è difficile, oggi.

– Lavorerò, – egli ripeté con forza. E un impeto di orgoglio, e anche di fede, lo spingeva a rivelare il suo segreto e a gridare alla donna che dal padre aveva ereditato l'istinto di avarizia delle razze povere, la sua speranza di ricomprare da lei la collana. Denaro per denaro, poiché ella appoggiava la sua coscienza solo su questo.

Ma pensava ch'ella *sapesse*, e lo aspettasse in agguato per sopraffarla meglio. Taci ancora, uomo; se di giorno in giorno, di prova in prova, ti senti piú uomo, taci e opera. E si risollevò grande e altero davanti a lei.

– Domani, – disse, col viso ricomposto a una durezza virile, – se lei mi permette tornerò e le porterò i documenti che comprovano la mia posizione materiale. Mi rimane, del vasto patrimonio sperduto da mio padre, fra altre cose di poca rendita, una grande villa al mare, completamente affittata d'inverno e d'estate. Un appartamento lo tengo per uso mio: ho anche, dentro il paese, un'altra piccola casa, dove ho studio d'avvocato: studio che conto di portare e ampliare qui. Quando le cose andassero male, io e la mia famiglia, se Dio mi concederà dunque di formarla, ci si potrebbe riparare là: basta l'amore per dare la vera ricchezza. Domani, signora, le farò vedere i contratti.

Ella arrossí cosí violentemente ch'egli si fermò come colpito da un grido.

– Mi perdoni, – mormorò: il suo accento era cosí dolente e buono ch'ella si sentí riempiere gli occhi di lacrime; e rimase immobile, col respiro in giù, per non tradire il suo turbamento.

– La colpa è sua, – egli riprese sottovoce: – lei non capisce ch'io sono qui un po' sperduto; mi sento ancora come il giorno che è morta la mamma e mi pareva di essere solo in un deserto. Per questo, anche; ho lasciato la solitudine, lassú, e sono sceso nel mondo in cerca di compagnia. La fortuna m'ha assistito? Ancora non lo so: ha ragione lei, bisogna prima valutare bene le cose; ma io non vado in cerca di fortuna, vado in cerca di amore, di tenerezza, di solidarietà umana. Lei è intelligente e deve intendermi.

Ella s'irrigidiva sempre piú, con gli occhi nascosti, ed egli provò un senso di disperazione: di nuovo pensò: «Sa tutto, e crede ch'io reciti una commedia.» E di nuovo disse a sé stesso: «Taci e opera.» Solo domandò: – Posso dunque chiederle una risposta definitiva?

– Se crede, da domani può venire a visitare qui mia nipote: io non ho nulla di contrario perché la loro volontà sia fatta; però, le ripeto, pensi bene a quanto sta per fare.

Egli ebbe desiderio di chiederle subito l'incontro con l'altra: ella desiderava la stessa cosa: eppure entrambi tacquero.

«Domani tu forse non tornerai», ella pensò; ed egli si alzò di scatto, ferito da questo pensiero.

– A domani, dunque, – disse, baciandole di nuovo la mano.

E il suo modo lieve di congedarsi e andarsene parve alla donna di uno che s'è alleggerito d'un peso e ne è lieto, ma anche vuol fuggire senza parerlo.

E un istinto di fuggire infatti lo spingeva. Aveva paura di quella casa, della sua serenità azzurra che col cadere del sole s'inverdiva e ricordava quella del mare prima della tempesta; e paura sopratutto delle due donne che oramai lo tenevano stretto come le branche d'una tanaglia.

Fuggire; ed egli se ne andava lieve, lungo la strada larga chiara come un fiume, con gli sfondi accesi di vapori rossi. Dov'era? Gli pareva di essersi sperduto e di dover camminare molto prima di ritrovare la sua strada. Ma quale era dopo tutto la sua strada in quella città dov'egli non aveva né casa né parenti né amici? Tutte le strade gli erano straniere e nemiche: e tutte potevano diventar sue, se egli voleva. Ed egli si sentiva sbattuto da questo dissidio che si ripercoteva col suo sangue nelle strade delle sue vene.

Eppure gli pare di riconoscere quella strada, di averla percorsa altre volte, da bambino, o in sogno; altre volte ha veduto le cancellate dei giardini gonfie di edera nera, e le macchie degli alberi stemperate sul verde del cielo; e le ville chiuse come incantate nel tramonto, e le grandi gabbie entro le quali crescono le costruzioni nuove. Davanti a una di queste, una montagna di mattoni rotti che sembrano pezzi di carne sanguinante, lo costringe a scendere il marciapiede; e d'improvviso, fra la terra smossa e i calcinacci, balza una figura che gli penetra nel cuore.

È una piccola signora vestita di nero, un po' curva, che geme sommessamente. Perché geme? Per paura di quel passaggio difficile, o per una sua pena segreta?

Non bada all'uomo che incontra, e sparisce dall'altra parte della montagna di mattoni.

Egli pensava alla madre: un giorno, come la piccola signora che le rassomigliava straordinariamente, doveva essere passata in quella strada, gemendo anche lei, alla ricerca dell'usuraio; cosí sola e fragile anche lei, sperduta nelle strade e nel crepuscolo crudele della nuova città.

Ebbe desiderio di accompagnare la figurina misteriosa, di domandarle se voleva aiuto; ma per quanto si volgesse a guardare non la vide piú.

– Mamma, mamma, – mormorò come un bambino smarrito; e fu per sedersi sui mattoni, di nuovo con l'istinto del vagabondo che l'aveva buttato sulla panchina del giardino del lago.

La donna intanto, uscita sulla terrazza, trovò l'altra che l'aspettava con un'ansia fredda e muta: solo gli occhi parlavano, e volarono incontro a quelli della zia, con l'angoscia supplicante di uno che sta per essere ucciso.

Quando sentí come si era svolto il colloquio e la promessa dell'uomo di ritornare, si accasciò sul davanzale, col viso fra le mani.

– Non tornerà, – disse.

La donna non replicò: dritta anche lei accanto alla balaustrata posava sul marmo la mano che l'uomo aveva baciata, e guardava quella mano con un senso di derisione; e il suo silenzio aumentava la pena comune.

D'un tratto però la giovine si sollevò, scosse indietro i capelli e disse ruvidamente:

– Forse è meglio: cosí almeno tutto sarà finito.

Di nuovo silenzio: e tutte e due parvero semplicemente intente a guardare nel prato.

Fra i cespugli di ginestra pascolava ancora il gregge: la massa grigia aveva contro luce un'ondulazione argentea, con macchie di ruggine sul dorso e lievi colorazioni rosee intorno alle orecchie melanconiche delle pecore. Il cane, che forse per la lunga consuetudine aveva preso un aspetto di agnello, e col muso a terra pareva pascolare anch'esso, di tanto in tanto sollevava la testa, e gettava un grido forte, chiaro fra il torbido belare che lo circondava, quasi per ricordare a sé stesso chi era.

E a contrasto di quell'ondulare mite di bestie e di erbe, in uno spazio sterrato lí accanto alcuni ragazzi vestiti di barbariche maglie sanguinanti, con le grandi gambe nude, agitavano l'aria coi loro gridi di lotta e col folle rincorrere un grosso pallone che pareva di piombo eppure rimbalzava lieve e silenzioso, vivo e felice di essere l'eroe centrale del gioco. Le rondini, sopra, tessevano anch'esse una danza vertiginosa, velando la quiete del cielo con la rete dei loro voli e dei loro stridi. Sul terreno rosso dell'ultimo sole, ombre lunghissime di esili giganti giocavano per conto loro, col loro pallone nero, senza gridi né passione: un gioco agile e fantastico che i ragazzi pareva imitassero grottescamente: e le ombre delle rondini vi danzavano in mezzo come foglie nere spinte dal vento.

Le due donne non parlavano, intente anch'esse al gioco e alla lotta dei loro pensieri: ma quando il sole, i ragazzi, il gregge e le rondini sparvero, l'anziana si sollevò, rasserenata, con l'impressione di essersi riposata dopo un lungo camminare; e richiamò l'altra.

Bisognava riprendere la strada.

L'uomo ritornò, all'ora designata. Attendeva in piedi, nel salotto chiaro ove le tende sbattute dal vento di ponente gli pareva avessero un movimento ostile e beffardo contro di lui, e quasi per placarle si preparava a baciare con devozione la mano della padrona di casa, quando entrò silenziosa e titubante la fidanzata.

Sebbene turbato, egli la guardò con curiosità: gli parve malata e che si avanzasse malvolentieri verso di lui, come spinta da qualcuno, e con gli occhi pieni di una tristezza paurosa.

Non le andò incontro, ma le aprí le braccia come ai bambini che muovono i primi passi, e poiché ella gli nascondeva il viso sul petto e le spalle le tremavano, disse quasi irritato:

– Non piangere adesso, eh?

Ella si sollevò subito: non piangeva, ma il suo viso sofferente aveva l'espressione di chi torce e spezza con crudeltà il proprio dolore.

– Cosí va bene, – egli disse, conducendola verso il divano dove il giorno prima stava seduta l'altra: sedette accanto a lei e domandò sottovoce: – La zia dov'è?

Pareva avesse paura della zia, come la fidanzata aveva paura di lui; e questo li rianimò e li riavvicinò con un senso di complicità amichevole.

– Non so, è di là; adesso verrà, – ella disse sottovoce e in fretta, guardando l'uscio spalancato del salotto. Attese qualche momento, spiando se qualcuno poteva sentirla, poi riprese sullo stesso tono di prima: – La zia è sdegnata, molto sdegnata con me. Ha ragione. Ed io non ho chiuso occhio in tutta la notte. Mi sono anche alzata, sono venuta qui: mi pareva ci fossi rimasto tu, per chiedermi spiegazioni. E abbiamo avuto un colloquio: tu lo hai sentito, vero, lo hai sentito?

Egli non parlava, stanco di aver già parlato troppo; le parole ormai erano inutili: tutto era stato detto; adesso bisognava abbandonarsi al tempo, alla corsa della vita: quindi stringeva la donna, ed ella si sentiva già ripresa dalla cintura di carne viva del braccio di lui, dalla mano che l'afferrava fino alle viscere. E dopo tanto inutile pensare, e dopo tanto inutile patire, si abbandonava su lui come sulla sabbia calda il nuotatore stremato e gelato da una gara di forza con le onde in tempesta.

Invano tentò di riprendere il colloquio fantastico che diceva di aver avuto nella notte con lui:

– Sentivo che tu non volevi piú tornare, e desideravo anch'io che cosí fosse. È cosí, non è vero? Abbiamo combattuto bene entrambi, stanotte: eppure eccoci qui; perché? Perché? È Dio che lo vuole? Mi sembra ormai di essere scesa nell'inferno, donde risalgo tutta bruciata ma salva: posso anche morire di dolore, adesso, non importa: accetto anche il martirio, pur di amarti: però, – disse poi tentando di staccarsi dalla stretta avida e silenziosa di lui, – siamo in tempo ancora. Forse è meglio troncare.

Per risposta egli la stringe di piú: le imprime sul collo un bacio che desta in tutto il corpo di lei la scaglia luminosa di un brivido.

E le anime, ritirate nel loro nido profondo, lasciano che solo la carne parli il suo divino linguaggio.

Di là, nella terrazza, l'altra partecipava a questo colloquio e non poteva non turbarsi: e non sapeva cosa fare, se andare o no ad interromperlo. Che pensavano di lei i fidanzati? Dovevano ben pensare che ella li lasciava soli onde potessero subito spiegarsi e intendersi meglio fra loro: e questa era davvero la sua intenzione; ma in fondo sentiva ch'essi erano felici di non vederla, e s'intendevano anche troppo, e questa loro intesa fatta di baci, questo loro ritrovarsi al di fuori di ogni altro vano interesse, la pungeva con un senso di gelosia e quasi di odio. Le pareva che la sua casa stessa la cacciasse fuori, per accogliere meglio l'amore di quei due e partecipare alla loro festa.

«Egli era venuto per cercare di te, e ha creduto di amarti in me: ed egli ti avrebbe amata se ti avesse veduta bella come l'amore può renderti.» Le parole della fanciulla trasognata e pentita le soffiavano ancora sul viso, col vento odoroso dei cespugli del prato; e invano ella guardava il gioco dei ragazzi, giú, e delle rondini, su, e delle ombre, e pensava che tutto nella vita è gioco: il sapere che quei due si amavano dentro la sua casa, e nella speranza di esserne un giorno padroni già se la godevano come i maggiolini accoppiati nella rosa, le stroncava le reni.

E spinta da un istinto di rabbia e d'angoscia, come per una iniquità consumata a suo danno, si alzò e rientrò facendo risonare il passo per avvertire del suo arrivo. L'uomo, già balzato in piedi, le andò incontro e le baciò la mano con intensità; ed ella lo senti tutto impregnato dell'odore dell'altra.

Fu lei a volere che il matrimonio si concludesse al piú presto.

Le informazioni chieste al sindaco del paese di lui furono buone: le carte necessarie per le formalità nuziali arrivarono presto: tutto era in regola.

Ella provvide al corredo della sposa, e le regalò gioielli e denari; e a misura che il giorno fissato per le nozze si avvicinava pareva divenisse piú amabile, materna, piena di cure e di gentilezze per i fidanzati; ma essi, specialmente l'uomo, non s'illudevano: ella aveva fretta di mandarli via e liberarsi per sempre di loro.

Questa speranza parve farsi in lei certezza quando essi furono partiti.

Ecco, ella è finalmente sola nella sua casa oramai tutta sua, e il passato rientra nell'ombra del nulla: e quell'uomo che ella ha appena conosciuto come durante un breve viaggio, non ha per lei piú consistenza di quanto ne abbia un passante nella strada.

In fondo è contenta di aver sistemato bene la fanciulla, piú bene di quanto osava sperare; e sopratutto, di aver compiuto il suo dovere. La promessa mantenuta, la sicurezza dell'avvenire, la tranquillità del presente, le dànno quasi un senso di sazietà; di sonnolenza: non le resta che sdraiarsi e dormire.

– Giovannina, – dice alla serva non piú giovane, fidata e silenziosa, che cammina calzata di feltro e non chiede altro che di contentare la nuova padrona: – guardate di chiudere bene le persiane e il portoncino e la porta: sapete che siamo sole in casa.

La serva eseguisce: si sente lo stridere dei catenacci e il lieve sbattersi delle persiane: solo quella della camera della padrona è ancora aperta, su uno sfondo di cielo nero stellato, e lascia entrare, con l'aria tiepida della notte, una musica lontana di pianoforte, un notturno triste e tranquillo che ha della preghiera e dell'esame di coscienza; e pare composto da un vecchio musicista stanco e religioso che ringrazia Dio di averlo fatto vivere senza gioia ma anche senza peccato, e tesse quel suo ultimo canto come il filugello il suo bozzolo ove si chiude per morire.

Anche la donna chiude la finestra: è finalmente sola con sé stessa, nella camera alla quale ha voluto conservare un carattere rustico, con le pareti tinte di calce, i mobili antichi che le ricordavano quelli del suo paese.

La lampada stessa, adattata su un candelabro di ferro battuto composto di tre serpentelli che posano sul marmo del comodino le code uncinate, e sullo stelo dei loro corpi attorcigliati in lotta sporgono le teste con la lingua in fuori, sostenendo in mezzo l'anello per il cero, è un candelabro funebre che illuminava un tempo, con la sua fiammella, la pace della morte dopo la lotta della vita. Ella lo teneva come un oggetto sacro, e nel dire le preghiere, mentre si spogliava, piú che al Cristo sulla parete si rivolgeva ai tre serpenti che avevano qualche cosa di vivo in quella sosta della loro lotta senza fine.

Ed ecco che quella notte si attarda a guardarli, quasi con un senso di stupore negli occhi lucidi: abbandonata stanca sulla sedia ai piedi del letto non riesce a spogliarsi: ha paura di coricarsi, di spegnere la luce.

Che hanno questa sera i tre serpenti neri che si agitano sulla loro ombra e pare tendano a slegarsi e balzare sul pavimento, ai suoi piedi, e morderla? Ella ritira istintivamente i piedi e si fa il segno della croce; ma anche la preghiera questa notte ha un significato ambiguo, e la richiesta a Dio del suo Regno e che le tentazioni siano allontanate dalla Sua misericordia, ha un'eco più nella carne che nello spirito.

Il pensiero va a quei due, a quell'ora attorcigliati come i serpenti del candelabro: ed invano ella fugge al suo pensiero; ne è travolta come il terzo dei serpenti.

Cartoline illustrate e lettere della sposa animarono i primi giorni della sua arida solitudine.

Gli sposi viaggiavano: finché un giorno si fermarono nella villa al mare, come se il mare impedisse loro di andare oltre: e di là ricevette una lettera di lui.

Egli parlava con tenerezza quasi paterna della giovine moglie, e diceva che si erano fermati laggiú per desiderio di lei che si sentiva un po' stanca e già desiderosa di una vita casalinga e ferma.

«Siamo qui nel piú alto appartamento della villa, sopra il mare sconfinato, cullati dalla musica del vento che a volte però diventa infernale.

«La spiaggia è quasi deserta sebbene funzioni ancora una parodia di stabilimento che pare una croce di legno galleggiante sull'orlo del mare, ornata, alla notte, dai brillanti delle lampadine elettriche e dagli svolazzi delle farfalle notturne che sono le intrepide ballerine del paese. Queste ragazze amano talmente la danza che quando non trovano cavalieri se la ballano fra di loro. La musica di un'orchestrina sentimentale le accompagna: e ogni suonatore ha accanto alla sua sedia un fiasco di vino: dopo un ballabile una bevuta, e si capisce che con l'inoltrarsi della festa la musica diventa piú calda ed eccitante. Quando non soffia il vento anche noi del resto andiamo a finire lí, e Maria ci si diverte come una bambina che è, non sdegnando di essere tacitamente per la sua bellezza e la sua eleganza la regina della festa.

«E per una volta tanto c'è davvero da divertirsi ma non più di una volta: come d'altronde in tutte le feste della vita. Qui, poi, è da ammirarsi lo sforzo col quale uomini e donne, e specialmente queste ultime, tengono a mostrarsi informati della moda ultima del vestire, e del danzare: la qual moda anzi viene esagerata, e se le signore di Parigi usano la cintura sulle reni qui se la fanno calare fin sotto il ventre, e il passo delle ultime danze ricorda invero quello di Salomè: si direbbe che non la musica dell'orchestrina lievemente sborniata dia la corda al roteare di queste coppie ingenue sotto la loro apparente perversità, ma la grande musica del mondo lontano portata dalla fantasia come il rumore del mare dalla conchiglia. In fondo siamo tutti eguali, poiché non c'è verità piú vera di quella che tutto il mondo è paese: e paesani lo siamo tutti, tutti intenti alle voci e ai richiami di un mondo di gioia e di bellezza che è oltre i confini della terra.

«Alcuni, nel desiderio di questo regno col quale ancora non esistono vie di comunicazione sicura, si smarriscono come bambini soli in una grande città o, peggio ancora, in un bosco. Fra gli altri c'è qui una donna che si aggira continuamente nella spiaggia e nei viali intorno al paese, una ex-cantante che ebbe qualche successo nei teatri di provincia, adesso pazza e nella piú completa miseria. Qui certi suoi parenti poveri le dànno da mangiare e dormire; ella trascorre i giorni vagando, ma senza mai passare nelle strade del paese. Di tanto in tanto, quando crede di essere sentita, accenna un motivo o comincia una romanza; mai va oltre i primi versi o le prime note come abbia dimenticato il resto: e la sua voce di soprano assoluto è ancora fresca e potente.

«Un giorno io e Maria si stava in mare, sul mio sandalino, quando si sentí questa voce meravigliosa che veniva di terra, a tratti, come un profumo spinto ogni tanto da un soffio di vento. Ancora io non sapevo di questa donna, che è qui da poco; quindi cominciai ad ascoltarla con l'illusione di vederne la figura, alta, bruna, diritta in mezzo a uno svolazzare di veli azzurri che salutavano le onde: e le onde s'avvicinavano meglio alla terra per sentire il canto che faceva concorrenza a quello delle sirene.

«Anche a noi venne curiosità di vederla: Maria, commossa, ricordava il canto della suora nella chiesa dove l'ho seguita quella sera del nostro primo incontro: la stessa voce ampia e armoniosa, le stesse note che salgono dall'infinito all'infinito e ci prendono via il cuore con un soffio di vertigine; infine la stessa passione che ci travolge e diviene la nostra stessa passione.

«Ci si avvicinò dunque a riva; ma adesso il canto si stroncava, taceva, poi riprendeva, sempre piú monco e scolorito. La donna forse sentiva la nostra curiosità: eppure non parve notare il nostro arrivo. Era in cima al molo, e mai dimenticherò la sua piccola figura di vecchia mendicante scalza, coi grandi piedi duri e nodosi e un fazzoletto nero legato sotto il mento aguzzo. Gli occhi azzurri come insanguinati non si chiudono mai, fissi in una vaga lontananza; ma quello che piú ci turbò fu il vedere che di tanto in tanto ella si buttava per terra come volesse sdraiarsi, stanca, e subito rimbalzava, quasi respinta dalla terra stessa, e si drizzava in piedi in faccia al mare e di nuovo cantava.

«Forse m'illudo anch'io, certo m'illudo, ma credo ch'ella si senta, nel suo mondo interiore, come io l'ho veduta nel suono della sua voce, bella, giovine, vestita d'azzurro; e quella breve piattaforma di assi è per lei il palco scenico donde la sua passione si spande sulla platea del mare; solo teatro dove lei possa ritrovare qualche cosa dell'infinito amore, dell'infinita grandezza il cui sogno impossibile l'ha deformata e chiusa in questa sua maschera di follia.

«Quasi tutti noi, del resto, siamo cosí; il corpo nostro è una veste spesso grottesca che nasconde la bellezza e la giovinezza del nostro spirito: se si vivesse ciechi forse la vita sarebbe migliore; ci si incontrerebbe e ci si conoscerebbe meglio al suono della nostra voce.»

Proprio il giorno che arrivò questa lettera, un improvviso bisogno di cambiare vita spinse la donna ad uscire di casa.

– Se viene qualcuno a cercare della signorina Marietta Baldi rispondi che non è in casa: se domandano della signora Maria Baldi rispondi che è ancora fuori, – disse alla donna di servizio; e non sapeva bene il perché di questa raccomandazione.

Di solito voleva che la chiamassero signora: adesso le pareva di prendere posizione anche davanti a sé stessa e di stabilire la sua vera personalità.

Era una signorina. Anziana, ma pur sempre signorina: e in fondo si sentiva sempre Marietta, la piccola Marietta con due uncini di capelli bruni di qua e di là della fronte come le corna della luna nuova; la Marietta che andava a pascolare le pecore.

«Egli vuole qualche cosa da me; forse hanno già finito i denari», pensava scendendo la scala silenziosa e nitida della sua casa, dopo aver raccomandato alla serva di non far entrare nessuno.

E non la preoccupa il pensiero di rispondere poiché rispondere non vuole. Che le importava infine, di tutta quella letteratura?

Ma quando vide all'angolo della strada la lunga mendicante col viso pallido e gli occhi neri che esprimevano una nobile tristezza, le tornò in mente la figura disegnata con arte nella lettera. Forse anche questa mendicante era stata una grande signora... Ed ella fece atto di tirar fuori il portamonete dalla borsa che teneva ben stretta; poi andò oltre senza fare l'elemosina. Quella mendicante le dava noia perché si aggirava di continuo intorno alla sua casa e spesso suonava alla sua porta, insistente e molesta. Era una mendicante nata mendicante, e l'uomo della lettera aveva composto quel mosaico di belle parole perché voleva qualche cosa anche lui.

«Marietta Baldi, va dritta per la tua strada, e ricorda il primo uomo che da bambina ti veniva appresso, fra l'erba innocente, e ti diceva parole belle come i fiori intorno, e ti prometteva dolci e mandorle, se tu andavi con lui dietro la collina: fin da quel tempo tu sapevi quello che l'uomo voleva, e andavi dritta con un sasso in mano, facendoti vigilare come le tue pecore dal cane feroce che tenevi al guinzaglio.

«Noi siamo quello che siamo e dimostriamo di essere: e tu, Marietta, non metterti in mente di crederti una ragazza agile e bella, mentre sei una donna già pesante, coi capelli che odorano di cenere e i piedi presto stanchi di camminare, anche perché oggi hai la velleità di portare le scarpette di fanciulla innamorata. Va a prendere la vettura provvidenziale ferma là dove cominciano le grandi strade della città, e tieni stretta la borsa che contiene la tua sola e vera forza, quella che non inganna mai.»

Ma ella era uscita per camminare, per veder gente, e inoltre diffidava dei vetturini. Camminò dunque fino alla grande strada dove comincia la teoria delle vetrine di lusso, davanti alle quali c'è sempre qualcuno fermo in religiosa osservazione. Anche lei si ferma. Eccone una tutta occupata da un solo abbigliamento di donna: sul piano di velluto bianco è steso come mollemente scivolato dal corpo di una principessa, un vestito di velo azzurro scintillante di pagliuzze d'argento: accanto è il ventaglio aperto che ricorda certe nuvolette notturne attraversate dalla luna, e una rosa, la rosa azzurra delle leggende: questa sinfonia di azzurro dà alla donna che guarda la visione del mare, e un'ondata di gioia e di frescura la investe suo malgrado.

Ma ella si riprende subito e va avanti: meglio fermarsi davanti all'altra vetrina, dove i frutti nelle cornucopie felici di contenerli sembrano artificiali tanto sono grossi e tinti dei colori più vivi e diversi, il rosso accanto all'oro, e il violetto al verde smeraldo.

E oro e rosso di rubino, e oro e viola e verde e bianco di maiolica sono nella seguente vetrina del fioraio, a rallegrare gli occhi di chi guarda; ma qui anche è pericoloso fermarsi, perché il profumo dei garofani d'estate fa pensare a qualche notte di voluttà, o almeno ai sogni delle donne sulle terrazze festonate di stelle.

Cammina, cammina, donna, e non ti fermare piú neppure davanti a quel firmamento brillante di tutte le costellazioni e di tutti i colori dell'iride che è la vetrina dell'orefice: tu non hai da desiderare niente, lí, perché nessuno di quei gioielli è piú bello del tuo.

Eppure si fermò, per la rivelazione improvvisa di quello che l'aveva spinta a uscire di casa. Sapeva finalmente dove voleva andare, e poiché era un luogo alquanto distante aspettò il tram e vi salí.

E d'un tratto si sentí felice: seduta accanto allo sportello aperto, vedeva sfilare i palazzi e i giardini in uno sfondo arioso e fresco: a momenti un alito di vento penetrandole fino ai capelli le dava l'impressione che il mare fosse lí in fondo alla strada sulla quale il tram scivolava con la velocità imprudente di un monello; e qualche cosa di indefinibilmente dolce le rinfrescava l'anima e il viso e le mani che stringevano la borsa.

Mai la città le era apparsa cosí bella, cosí sua: sentiva di stringerla in mano come la sua borsa: e guardava senza invidia, anzi con gioia, i grandi palazzi con le loggie rosse di gerani e di garofani; anche lei aveva ville e terreni e denari, e mai si era sentita ricca quanto in quel giorno.

D'un tratto però il tram si ferma dando uno scossone ai viaggiatori per richiamarli dalla beatitudine di trovarsi comodi; e una folla quasi in tumulto lo prende d'assalto.

Sono donne e donne, alcune dipinte come oleografie, altre pallide con grappoli di capelli neri sulle guancie scarne scavate come da terribili passioni: altre belle e fresche nei loro vestiti di velo coi quali pare siano nate, simili alle libellule con le loro ali; e delle libellule hanno i colori e le lunghe gambe sottili.

Dove vanno?

Sembrano tutte disposte a viaggiare coraggiosamente attraverso la città, pigiate nel tram come frutta in una scatola, tutte dirette a un luogo di festa, tutte pronte alla danza.

Il piacere di andare alla ventura, di essere sfuggite al nido della loro casa, al laccio del dovere quotidiano e sterile, è negli occhi di tutte.

O è lei che crede di vedere queste cose, ubbriacata da quell'odore di carne giovane, travolta da quell'ondata di femminilità che è mossa solo dalle necessità della vita di ogni giorno.

Adesso veniva di fuori il rombo della città, con l'odore dell'asfalto inaffiato: le tende dei negozi si gonfiavano al vento, quasi per respingere il sole e impedirgli di guastare le cose da loro riparate: e il sole si rifaceva con le insegne, esasperandone l'oro e lo smalto.

Le commesse vestite di seta si affacciavano alle porte dei negozi come principesse alle loggie dei loro palazzi; grosse signore con gli occhiali attraversavano le strade, fra il pericolo delle automobili e dei carri, tranquille come balene fra le onde in tempesta.

E tutte le donne che a mano a mano scendevano dal tram e si mischiavano alla folla erano altrettanto sicure e svelte, con l'occhio abituato al pericolo e al modo di evitarlo, tutte nel loro elemento; e lei finalmente sentiva di invidiarle, di non possedere, con tutta la sua ricchezza, la forza pulsante nelle loro caviglie, nelle loro dita pronte ad afferrarsi a ogni fiore e a ogni uncino.

Essere cosí. La vita non sarebbe stata per lei una cosa pesante e inutile come la borsa che stringeva fra le mani. O forse s'ingannava. Che cosa le soffiava in cuore quel giorno?

Era come certe notti quando si è mangiato e bevuto troppo e viene nel sonno una vita febbrile, di sogni tinti di colori esasperati, e si ha voglia di svegliarsi e non si può.

Arrivata al punto dove le era necessario scendere, esitò un momento: bastava non muoversi e pagare un'altra corsa per ritornare a casa e riprendere la solita vita: bastava questo per svegliarsi: ma come appunto in un sogno piú forte della sua volontà, scese e attraversò con paura la strada, poi fu nell'atrio di un palazzo principesco.

Era l'ingresso di una banca.

Ella scese cauta la scaletta che conduce ai sotterranei di marmo. S'era d'improvviso fatto notte; la luce bianca e fredda delle lampadine elettriche rischiarava il luogo, e un fresco di neve dava l'impressione di trovarsi in una grotta di montagna.

Ecco una prima sala rotonda, con un cerchio di persone intorno a una lunga tavola come intente a un gioco. Carte vanno, carte vengono. Un uomo, seduto in mezzo agli altri, guida il gioco: è lui che controlla, distribuisce, ritira le carte, serio nel lungo viso glabro, con le mani bianche e fini, le unghie violacee a punta come quelle di una donna. Ogni suo gesto è calmo, lento, quasi religioso: e pare invero che egli compia un rito, e tocchi e consegni le carte come ostie consacrate: e del resto anche gli altri le porgono e le ricevono con austerità, senza badare ad altro che ad esse.

Arrivato il turno della donna anche lei porse un libretto giallo: l'uomo la guardò rapidamente in viso, con uno sguardo meccanico; la riconobbe subito, osservò il libretto, e lo riconsegnò.

Allora un usciere vestito come un servo di grandi case condusse la donna in una seconda sala circondata di piccoli usci foderati di metallo; e aperto uno di questi la fece entrare in una specie di cabina e con una chiavetta numerata aprí, sulla parete uno sportello pur esso di metallo: poi se ne andò.

Ella chiuse l'uscio: e si trovò là dentro come in una tomba di marmo rischiarata da una luce bianca che pareva emanata dalle pareti. E tutto le sembrava irreale, in quel silenzio ove il rumore della città arrivava come nella profondità del mare quello delle onde agitate alla superficie: le sue stesse mani, e la loro ombra, e le chiavette nel loro anello cifrato, simili ad amuleti, e la lastra di metallo, davanti a lei, che rifletteva il suo viso come uno specchio, un viso demoniaco, d'una tristezza sinistra, che pareva si affacciasse all'apertura di un luogo misterioso ov'ella era condannata a guardare un tesoro maledetto.

Aprí e tirò giú la lastra che si fece mensola; e su questa trasse dall'interno della nicchia simile ai loculi dei cimiteri sotterranei, una cassetta di zinco: con la piú piccola delle tre chiavi chiuse nell'anello aprí questa piccola bara, e dentro apparve il tesoro: carta e carta. Ma scostando i plichi legati con nastrini bianchi le sue dita pescarono dal fondo della cassetta un astuccio di cuoio, e ne fecero scattare la molla. E un chiarore d'aurora brillò fra tutto quel bianco sepolcrale: sul raso rosso dell'astuccio spalancato i grani della collana ridevano come denti nella bocca di un bambino.

Al ritorno, nel salire sul tram, mentre con una mano s'afferrava alla maniglia e con l'altra stringeva la borsa entro la quale riportava con sé la collana, incontrò due occhi celesti che parvero trasalire nel riconoscerla.

Anche lei provò un senso di scompiglio: qualche cosa si disordinò in lei. Dove aveva conosciuto quegli occhi che nonostante le ciglia rossiccie volpine, erano d'una bontà infantile?

Ed ecco che l'uomo, per aiutarla a ricordarsi, si tocca lievemente il cappello in atto di saluto: poi si siede accanto a lei.

È il signore già grigio ma ancora fresco e ben portante, col vestito di stoffa marrone finissima tagliato a sacco, ch'ella vede passare e ripassare corteggiando il suo terreno: e adesso ha l'impressione che egli voglia corteggiare anche lei.

Eppure egli non le rivolge la parola: solo la guarda di nascosto, esaminandola da capo a piedi e viceversa: ed ella sente quello sguardo tra ingenuo e malizioso correrle addosso come il filo di un ragno; però, dopo averla percorsa ben bene sulla superficie del vestito e intorno alla testa avvolta nella veletta, lo sguardo gira sul collo ancora segnato, sotto il mento, da una linea giovanile, e si compiace di quel solco lievemente voluttuoso; poi accarezza la nuca e un ricciolo che vi sfugge furtivo; infine penetra nella scollatura del vestito e tenta di frugarvi dentro.

Allora lei volse bruscamente le spalle all'importuno, e tornò a guardare fuori del finestrino; mettendo la borsa al riparo del suo fianco: vide d'improvviso la strada in salita spalancarsi, come in cima a un'altura, e sopra il muro di un giardino un paesaggio di pini, di cipressi e di rose sullo sfondo del cielo d'oro.

Le parve il bastione di un'altra città invisibile: e sentí il cuore dolerle e una voglia triste di piangere, per il ricordo della lettera e per l'impressione che quella fosse la città introvabile quel giorno da lei invano cercata.

Giorni dopo la serva venne a dirle che un signore, giú, chiedeva dì essere ricevuto.

Ella sapeva già chi era, e si alzò di scatto come l'avesse fino a quel momento atteso.

– Lo farete salire ed entrare in salotto, – disse, dopo aver appena guardato la carta da visita che la donna le aveva consegnato; poi andò nella sua camera e si mise la collana, facendone scivolare e nascondere entro il vestito la parte migliore: e non sapeva se faceva tutto questo per parere piú bella o piú ricca.

Ma l'uomo non badò al gioiello. Stava in piedi presso la tavola, come l'altro pretendente, e nel vederla entrare arrossí e fece un inchino: un inchino rispettoso e sincero che a lei tuttavia parve burlesco. Anche il rossore e l'impaccio di lui mettevano allegria; e tutta la sua persona, il vestito, il modo di muoversi; avevano qualche cosa di comico: ed ella pensò che il caratterista del suo dramma interno forse era entrato in scena.

– Si accomodi, – disse, indicandogli la poltrona davanti al sofà dove lei prese posto: cosí aveva fatto con l'altro pretendente.

L'uomo sedette, un po' timido e goffo; senza appoggiarsi da nessuna parte: pareva avesse paura di sprofondare, anche perché le sue gambe corte non gli permettevano di toccare bene il pavimento.

Ella pensava sempre all'altro, che s'era messo a quel posto con la sicurezza di un conquistatore; e si sentiva stridere dentro come la musica di uno strumento scordato; era uno scoppio d'irrisione per tutti e tutto, per quell'altro, per questo, per lei sopratutto che recitava una commedia a sé stessa.

Il nuovo pretendente cominciò quasi con le stesse parole dell'altro.

– Lei, certamente, signorina, indovinerà lo scopo della mia visita.

Quel *certamente* la richiamò al senso tragico della scena: quest'uomo era sincero e limpido, onde la sua sola presenza faceva ridere come quella di un essere primitivo che non ha neppure la coscienza della sua goffaggine: e poiché lei non rispondeva, egli si rinfrancò e riprese:

– Volevo l'altro giorno profittare del suo fortunato incontro per rivolgerle la parola, ma non ho osato: non era luogo opportuno, anzi mi scuserà se mi sono permesso di salutarla. Mi accorsi però ch'ella aveva già notato la mia umilissima persona, poiché piú di una volta mi ha senza dubbio veduto gironzare qui intorno, e precisamente intorno al suo terreno. Da molto tempo faccio la corte al suo terreno, signorina, ma so che lei non ha intenzione di vendere ancora e l'approvo; lei ha in suo potere un capitale che cresce di giorno in giorno. Non si tratta di questo, però, adesso; si tratta, signorina, e lei mi intende, che io ho una grande simpatia per lei e sono felice di poterle finalmente esprimere il mio sentimento.

Tacque, passandosi il fazzoletto sulla fronte come per asciugarne un sudore di fatica: ella s'era fatta seria e rigida; non sapeva perché, ma una tristezza quasi tragica le oscurava l'anima, come se non lei stessa ma qualcuno che la teneva in suo potere la costringesse a forzare la sua sorte con l'ascoltare e acconsentire alle parole del suo pretendente. Ed egli si rabbuiava al riflesso della serietà di lei.

– Signorina, – riprese, ricadendo nell'incertezza di prima, – non mi giudichi male e non mi creda troppo semplice o strambo se procedo in questo modo. Un altro avrebbe agito in modo diverso; si sarebbe fatto raccomandare a lei, cercando di conoscerla meglio e farsi conoscere prima di dichiararsi. Io sono un uomo alla buona, e non so fare cerimonie: giudico e mi lascio giudicare per simpatia: sono anche un po' fatalista; mi lascio guidare dal destino e chiudo gli occhi quando mi trovo in un bivio: e imbrocco sempre la via migliore. Dio aiuta sempre gli uomini di coscienza, che non cercano l'inganno. Anche questa volta mi sono detto: proviamo a battere senz'altro alla sua porta: s'ella mi apre sarà un segno buono. Mi dica lei se lo è.

Ella rispose con voce sorda:

– Io non la conosco ancora.

– C'è poco da conoscere: io sono tale come lei mi vede. Quando lei prende in mano una moneta ne sa il valore; e se lei prende in mano un frutto sano e maturo sa già che frutto è e che sapore ha, e se può farle bene o male. Cosí è di un uomo leale. Ho quarantanove anni e se ancora non ho pensato al matrimonio è perché non ho incontrato la donna che mi piaceva. La mia vita è piena, sebbene solitaria; ma alla solitudine ci sono avvezzo da molto tempo. Sono dottore in medicina, e lo studio, il lavoro, la ricerca, sono i compagni della mia vita. Le dico subito che vagheggiavo il suo terreno per fabbricarci una clinica: cosa che le potrà parere poco allegra, ma è piú utile di tante altre, So che anche lei è sola, che anzi ama la solitudine e la vita semplice; per questo ho osato presentarmi a lei. Devo dirle in ultimo che, oltre la professione, ho qualche cosa di mio, tanto che mi permette di vivere indipendente.

Si adagiò meglio nella poltrona con un lieve abbandono, e riprese con più sicurezza:

– Non le chiedo una risposta immediata. Ci pensi bene, prima; anzi lo desidero, che lei ci pensi bene: prenda informazioni sul conto mio, e sopratutto mi conceda la sua amicizia. La sua casa è bella, – aggiunse guardandosi attorno, come l'altro, – bella e igienica.

E con un tono d'amicizia che pareva volesse dissipare la preoccupazione silenziosa della donna disse infine:

– E la sua nipote s'è dunque sposata?

Ella fu contenta di poter parlare, sfuggendo al discorso iniziale.

– Sí. Ha fatto un buon matrimonio, con un giovane nobile e ricco che l'ha sposata per puro amore.

– E adesso dove sono?

– Sono in viaggio di nozze; presto torneranno.

– Presso di lei?

– Oh, no! – E poiché questa esclamazione le parve troppo vivace aggiunse subito: Né loro lo desiderano, né io lo pretendo. Non è bello mettersi in mezzo a due che si amano, specialmente nei primi tempi della loro unione. L'amore è una cosa grande e sacra alla quale ci si deve accostare come a Dio, in silenzio e in adorazione.

Egli ebbe un fuggevole sogghigno.

– L'amore come lo si sogna a quindici anni! In realtà è altra cosa; è quasi sempre poggiato su basi materiali che presto crollano. E se la stima, l'amicizia, il proposito di una vita pura e dritta, fatta piú di doveri che di piaceri, non l'accompagnano, la rovina è completa.

«Tuttavia, – osò dire, dopo averci pensato un momento, – ho piacere che lei abbia dell'amore un'idea cosí religiosa: ciò significa che non ha avuto delusioni.»

– Grazie a Dio no, – ella rispose quasi aspra: – non avevo ragione d'illudermi, e quindi di disilludermi.

L'uomo tornò a tendersi in avanti, a mettersi come in equilibrio davanti a lei: che lei non ritenesse di aver egli voluto offenderla con la sua innocente insinuazione.

– Perché lei è una donna saggia...

– Che ne sa lei? – ella interruppe subito. – Lei non mi conosce: quando mi avrà bene conosciuta forse cambierà opinione.

– L'importante è che lei mi permetta di conoscerla; solo questa speranza mi rende felice. Molte donne, appunto le piú equilibrate, amano farsi credere il contrario, e loro stesse lo credono, perché nella loro coscienza vorrebbero essere più perfette: le donne leggere e incoscienti non sanno di esserlo e sopratutto non lo dicono. Quello che conta, nella vita, sono le opere.

– Chi sa? Non sempre le nostre azioni corrispondono al nostro modo di sentire: la vita è, dopo tutto, una commedia.

– Sono cose che si leggono nei romanzi. La vita vera è altra, almeno per conto mio. Non fingere. Non mentire. Chi ci costringe a parer quello che non siamo? Ammetto tutto al piú la finzione nel caso che si tratti di non far soffrire una persona che si ama: si può allora fingere di star bene anche se si è malati, e nascondere una passione o una pena: sono casi, però, ripeto, piú facili a riscontrarsi nei libri che nella realtà: è difficile fingere; la natura stessa dell'uomo non lo comporta.

– Ma se la cronaca stessa dei giornali è piena di drammi, quasi sempre provocati dall'inganno e dal tradimento?

– Questo appunto dimostra che la vita non è una commedia; una tragedia, piuttosto. E gli uomini amano uccidere e uccidersi, piú che sopportare a lungo l'inganno altrui e il loro.

Ella fu per replicare: dire che ci sono casi speciali, gente che vive in modo diverso del comune; ma a che parlare? Che le importava, in fondo, di quell'uomo seduto davanti a lei come il pescatore paziente che dopo lunghe attese ritrae la lenza vuota? No, egli non poteva pescare nulla delle cose gravi e torbide come mostri marini che nuotano nelle profondità oscure dell'anima: eppure le piaceva il modo di parlare di lui, che corrispondeva alle verità elementari tramandate dai padri ai figli con la vita stessa.

– Se tutti pensassero come lei la vita sarebbe certo piú facile. Ma non è cosí, pur troppo, – disse dopo un momento di silenzio; – e perché lei non mi creda una vecchia romantica le dirò di un caso straordinario di finzione: una persona che io conosco ha preso il nome di un'altra per carpirne, come le è riuscito, la sorte.

L'uomo parve scosso, se non convinto, e si tese un po' avido a sentire i particolari: ella però intese il pericolo e si pentí, parlò confusamente di un uomo povero che aveva preso il nome di un suo amico ricco per innamorare una donna e farsi sposare da lei.

– Disgraziato quell'uomo, se non è un idiota. La donna non gli perdonerà mai di averla ingannata.

– Non credo, – ella disse con freddezza, – tanto è vero che lo ha sposato pur sapendo l'inganno.

– Vi saranno ragioni nascoste, vincoli che dovevano unire quei due all'infuori della loro volontà. Ad ogni modo io credo che non saranno mai completamente felici. Guai all'uomo, o alla donna, che si lascia, specialmente in amore, prendere nella rete dell'altrui inganno; tutto andrà sommerso con lei, la sua fortuna, la sua libertà, la coscienza stessa.

– La coscienza stessa... – ella ripeté come trasognata. – È forse vero. E gli uomini lo sanno, questo, vedo che lo sanno.

Allora egli sorrise, di un sorriso che lo trasformò in viso e gli diede una espressione di malizia infantile. Finalmente cominciava a pescare qualche cosa.

– Spero non vorrà alludere anche a me, signorina, – disse, alzandosi, come per andarsene. Ma non se ne andò. Ed ella ebbe l'impressione ch'egli si fosse alzato per dominarla meglio o almeno per vederla dall'alto ed esaminare il modo con cui poterla allacciare e prendere: e quella parola *anche* pronunziata da lui le diede un senso di paura.

L'uomo si appoggiò allo schienale dietro la poltrona come per nascondere la piccolezza della sua statura e lasciar vedere solo la sua testa; ed era invero una bella testa possente, coi capelli forti ondulati che parevano inargentati da una luce lontana; e sulla fronte, sopra gli occhi tra di fanciullo e di felino, la limpidezza di un orizzonte che riconforta il viandante anche se la notte lo sorprende in cammino.

– Ascolti, – disse con voce calda e profonda, – ho detto già che non sono ricco; ma posso egualmente assicurarle che non è la sua ricchezza ad attirarmi. Voglio dirle tutto. In fondo sono piú romantico di lei, sebbene la mia professione, o forse appunto per questo, mi ponga quotidianamente di fronte alle piú sinistre e ripugnanti manifestazioni della vita. Ma come la sera si ha bisogno di andare a teatro o leggere un libro di poesia per rifugiarsi in un mondo piú bello del nostro, cosí ci si crea, anche senza volerlo, sogni e speranze. Questa scorsa primavera, dunque, passavo di qui, un giorno, per guardare il terreno che mi avevano indicato per la possibile costruzione di una clinica: e sollevando gli occhi vidi lei sulla terrazza. Mi parve sola e triste, come chiusa a forza in questa casa ed esiliata dal mondo. I suoi occhi vennero incontro ai miei, mi fissarono, mi chiesero soccorso. Questa è l'illusione, e quasi l'ossessione, che mi tiene da quel giorno: dovunque sono andato, i suoi occhi mi hanno seguito con quello sguardo di supplica e di passione. E tanta strada ho fatto, con la mia fantasia, da giungere fino a lei. Adesso sono qui, e non so chi di noi due abbia piú bisogno di soccorso: forse tutti e due in egual modo; siamo come i pilastri di un ponte ancora non finito: basterà forse tenderci la mano perché la costruzione sia completa.

Ella aveva chinato la testa, e finalmente si sentiva scorrere il sangue nelle vene, sciolto dal suo gelo: era un uomo, quello che le stava davanti, venuto veramente a soccorrerla come l'uomo sempre arriva in aiuto al suo simile in pericolo: e tese la mano istintivamente come chi annega al suo salvatore.

L'uomo prese quella mano e la baciò, come l'altro. Ma era un bacio ben diverso, casto e tenace, che la turbò piú dell'altro: era un bacio tutto per lei, il primo che ella riceveva in quel modo.

Poi l'uomo le sedette accanto, sul piccolo sofà, e non le lasciò la mano, anzi l'accarezzò fra le sue, che erano morbide e fini e d'una pelle straordinariamente vellutata; mani spirituali che pareva carezzassero solo per istinto ma per questo piú tenaci e voluttuose.

Sul sofà si stava meglio che sulla poltrona; egli vi si poté comodamente adagiare nell'angolo, coi piedi adesso ben poggiati sul tappeto, molto accanto alla donna che dopo il primo impeto d'abbandono si scostava e si raccoglieva in sé, ispida come il riccio, senza però poter sottrarre il fianco al contatto dell'uomo, e la mano al morso molle e tiepido della mano di lui.

Egli l'aveva presa e non intendeva di lasciarla; e i suoi occhi un po' accesi compivano l'atto di possesso, guardandola da vicino con uno sguardo ch'ella sfuggiva ma sentiva scorrerle addosso come un'acqua calda. E sentiva di piacere all'uomo anche per la sua stessa ritrosia, per quel suo selvaggio profumo di castità che eccitava il maschio e soddi-sfaceva il pretendente.

Egli disse con la voce strozzata dal turbamento:

– Ringrazio questa mano che spero di non lasciar piú per tutta la vita: grazie, cara, gra-zie; ma non si allontani cosí da me. Si direbbe che ha paura.

– Ma no, – ella protestò subito. – Perché dovrei aver paura?

– Non so, mi sembra. Non paura di me, paura dell'uomo in genere. Poco fa lei disse una cosa che mi ha impressionato: disse di non aver sofferto delusioni perché non ha mai nutrito illusioni. Mi spieghi il senso vero di queste parole. Io credo di saper tutto di lei solo per il fatto che le sto accanto e respiro il suo respiro; ma c'è qualche cosa che lei mi nasconde; c'è la grande tristezza dei suoi occhi che vorrei conoscere a fondo e poter dissi-pare: mi aiuti lei ad aiutarla.

Allora le dita di lei risposero lievemente alla stretta di quelle di lui; e il loro sangue tra-salí assieme, come l'onda che s'incontra con l'onda.

– Nessuno mai mi ha parlato cosí, – ella disse sottovoce, quasi parlando suo malgrado. – E mai io ho creduto a nessuno come adesso credo a lei: è questo il mio dolore: ma per-ché non ci siamo incontrati prima? Da piú giovani... – subito aggiunse come per dare una spiegazione a sé stessa.

L'uomo allora avvicinò il viso al viso di lei, e le rivelò un segreto; un segreto che tutti e due sapevano ma non volevano comunicare ad altri

– E non lo siamo, giovani? Non lo sente, che lo siamo?

Gli occhi di lei si velarono di lagrime, per la rivelazione di questo mistero: era viva, dunque, viva e giovane e bastava sollevare il viso per bere finalmente alla coppa del pia-cere: e tutti i beni della terra la circondavano.

– Piange? – egli disse con lo stupore quasi pauroso di un bambino che vede una cosa bella ma sconosciuta. Perché piange? No, non faccia cosí: mi fa soffrire.

Ella piangeva forte, senza singhiozzi, senza nascondersi, quasi con gioia, come l'albero che al passare del vento si scuote della pioggia che lo ha rinfrescato: e invero, alla lieve carezza della mano di lui, che le sfiorava i capelli e scendendo sulla nuca premeva senza volerlo il fermaglio della collana, aveva l'impressione che questa si sciogliesse e le perle corressero sul suo corpo illuminandolo.

– Basta, adesso; sia buona, – egli insisté con accento di sofferenza.

– Mi lasci piangere; mi fa bene: non avevo mai pianto, – ella disse tranquilla: ed era lei adesso a stringergli la mano per paura ch'egli le sfuggisse.

– Finalmente credo davvero di esser giovane, – disse poi, asciugandosi il viso e scuoten-do indietro la testa per mandar via l'ombra del tempo; purché anche lei non mi inganni. La mia vita è stata sempre come un mattino di nebbia, quando si aspetta il sole per veder-ci bene, e intanto tutto è grigio, incerto, uggioso. A volte appaiono forme fantastiche; sembrano uomini e sono cespugli e pietre. Avevo venti anni e ancora nessuno mi parlava di amore, perché non ero bella e sopratutto ero povera; ed io mi ritraevo umiliata come se davvero non fossi degna di amore, mentre non pensavo che all'amore; e avevo l'impressione che una ingiustizia mi veniva fatta, e domandavo a Dio perché ci crea con tanto desiderio di vita e poi ci priva di essa nella sua forma essenziale. Eppoi ero anche intelligente, pur troppo, anche senza aver studiato e vivendo in mezzo a gente povera e ignorante. Il nostro paesetto era diviso in due classi di abitanti infinitamente diverse fra loro: pastori e muratori. Gli uni e gli altri emigravano, dandosi il cambio, i pastori d'inverno, i muratori nella buona stagione: i primi scendevano col gregge in paesi piú caldi, gli altri partivano in marzo, quando le giornate si allungano; venivano per lo più a lavorare in città. Io seguivo col desiderio gli uni e gli altri, presa dal bisogno di andare, andare, non sapevo dove, pur di andare: intanto mi toccava di far pascolare le pecore, triste e rassegnata come loro.

«Mio padre era muratore, capo mastro, anzi, e andava via anche lui tutti gli anni, a primavera; la mamma, ch'era sempre sofferente per una sinovite, custodiva la casa, io custodivo il piccolo gregge. Il babbo scriveva appena arrivava in città, poi mandava solo qualche cartolina vaglia; finché ai primi d'inverno lo si vedeva ricomparire com'era partito, con gli stessi abiti, il fagotto legato all'ombrello, e dentro il fagotto un fazzoletto annodato, col grosso guadagno.

«Non parlava mai dei suoi affari, non raccontava nulla della sua vita in città; era come risucchiato dal lavoro, e pareva pensasse a qualche cosa di grave, di lontano. Con le dita e con la penna faceva sempre addizioni e calcoli.

«D'inverno lavorava in paese; costrusse una chiesa, e la parrocchia nuova, tutto su disegno suo, e fabbricò una casetta per noi. Ma un inverno non tornò: scrisse che aveva un grande lavoro da eseguire, tutto uno stabile preso da lui a cottimo: poi non scrisse piú. Fu un inverno triste, per noi; sepolte sotto la neve. Le pecore le avevamo come gli altri anni affidate a un parente pastore disceso a svernare in pianura; io restavo in casa a vegliare la mamma.

«La mamma, che al ritorno del babbo ogni anno si ravvivava come le piante al ritorno della buona stagione, quell'inverno deperiva di piú: il freddo, la preoccupazione e l'abbandono influivano sul suo male: si mise a letto e non si alzò piú. Io la vedevo spegnersi, giorno per giorno, come il fuoco senz'alimento: sole, in quel grande silenzio della neve che cadeva una sull'altra e si pietrificava come il marmo, si aveva l'impressione di essere davvero in un cimitero senza uscita.

«Io ero troppo abituata al silenzio e alla solitudine, per abbandonarmi alla disperazione: non disperavo, ma neppure speravo; ed era uno stato che ha lasciato un'impronta sinistra nell'anima mia: come di congelamento.

«Mia madre invece era bruciata di passione; gelosa, credeva che il babbo fosse rimasto in città per qualche donna: forse non sarebbe tornato piú: ed ella piangeva sul guanciale di lui come s'egli fosse morto.

«Ci aveva lasciato abbastanza denaro per vivere quell'inverno: al ritorno del gregge finalmente scrisse, ordinando la vendita delle pecore. Col ricavo ci si doveva sostentare per il resto dell'anno, poiché lui scriveva di aver impiegato tutto il suo guadagno in una impresa che sperava lucrosa.

«Fu il colpo di morte per la mamma. Egli certo manteneva una donna, forse un'altra famiglia.

«Io mi ostinai a non vendere le pecore, anche perché le amavo, e si visse in miseria tutto l'anno, nella speranza ch'egli tornasse. Tornarono gli altri, ma lui no; tornarono raccontando cose fantastiche sul conto suo: che guadagnava favolosamente, che comprava e rivendeva case per conto suo e di altri, che viveva e vestiva con lusso. Allora io decisi di andare a cercarlo; ma all'ultimo momento la mamma si aggravò e m'impedí di partire. Aveva paura di morire sola: e l'inverno di nuovo chiudeva la nostra porta, murandola con la neve sepolcrale.

«Ed ecco per Natale egli tornò: non sembrava piú lui, tanto era ben vestito e florido e anche allegro: aveva la fortuna nel pugno.

«Era venuto per prenderci e condurci con lui definitivamente in città. Aveva portato per la mamma una pelliccia e gli orecchini con le perle, come ad una sposa. E lei morí il giorno dopo. Io credo sia morta di gioia.

«La seppellimmo nel piccolo camposanto fiorito di neve, con la pelliccia e gli orecchini; ed io volli stare ancora per quell'inverno lassú per non lasciarla sola.

«In primavera raggiunsi giú il babbo: e in pochi anni si diventò ricchi.

«La ricchezza non ci portò la felicità: mio padre è morto presto, con la preoccupazione di lasciarmi sola e con la sua opera incompiuta. Per sorvegliare e far terminare la costruzione di uno stabile d'affitto di nostra proprietà, io feci venire dal paese un mio cugino anche lui muratore, anche lui vedovo con una bambina. Un giorno egli cadde dalla fabbrica: bisogna dire che beveva, e forse la disgrazia non avveniva senza di questo. Ad ogni modo l'ho assistito fino alla morte, come una sorella, e ho preso con me la bambina, l'ho fatta studiare, anzi, si può dire, abbiamo studiato assieme. L'ho collocata bene. Adesso lei è felice, ed io sono di nuovo sola; sola ma tranquilla.»

– Tranquilla, – ripeté alzando il tono della voce; poiché l'ultima parte del suo racconto l'aveva fatta in sordina, con una melanconia monotona di luce che si spegne.

L'uomo le strinse le dita che aveva alquanto abbandonato; ella però ritirò la mano e ricominciò a parlare.

E fu come il sollevarsi improvviso del vento in una quiete grigia, e il denudarsi e il tingersi ardente dell'orizzonte che respinge le nuvole da cui non vuole più essere soffocato.

– Sono tranquilla, finalmente; ma ho passato una triste estate, più terribile di quel penoso inverno lassú quando tutti i vincoli dell'umanità parevano sciolti intorno a me. Le dirò tutto; non c'è ragione di fingere, come dice lei. Io non sono stata mai felice perché non ho avuto fede: con la mia nipote stessa non ci siamo mai intese. Quell'ironia della sorte verso mia madre, e anche verso mio padre, e il gioco crudele della fortuna che si dà solo per derisione a chi la insegue, hanno succhiato il mio sangue migliore; e m'è rimasta come della ruggine nelle vene. Ho continuato a vivere nell'agiatezza come nella miseria, con un peso indefinibile sul cuore, rimpiangendo il tempo triste del passato. Soffrire, ma almeno credere! E il mio disamore si è esteso su tutto, questo è il guaio. Ho avuto anche proposte di matrimonio, qualche uomo ha tentato di avvicinarsi a me: ho sempre respinto tutti, certa che si cercava la mia roba e non la mia anima.

«Ultimamente, – riprese, riabbassando la voce con un fosco accento di tristezza, – un'avventura strana mi ha convinto che la vita è un gioco. Un uomo è venuto a chiedere la mia mano di sposa. È stato qui, in questo stesso salotto.... Mi sembra di vederlo ancora. Era bello, giovine, intelligente; e sopratutto aveva quel non so che di avventuroso che piace a noi donne. È l'uomo sognato nell'adolescenza, che non incontreremo mai perché non esiste che nella nostra fantasia. Ebbene, egli è lí, davanti a me, venuto da un paese lontano, venuto apposta per cercare di me, di Maria Baldi; solo che Maria Baldi non sono io, è un'altra, che, sapendo delle ricerche di lui, ha preso il mio nome per sedurlo e pigliarselo lei. Insomma il fatto è questo: egli era venuto un giorno per conoscermi, come oggi è venuto lei; gli ha aperto mia nipote, e alla domanda di lui se era lei Maria Baldi rispose di sí. E lei se lo ha preso. E sono felici.

L'uomo adesso ascoltava con una curiosità animalesca: come il cane che sente un rumore sospetto: e un'ombra di gelosia gli oscurava gli occhi che ne divenivano crudeli. D'istinto si scostò dalla donna e si sollevò sulla schiena.

– Adesso capisco la storiella dell'uomo che aveva preso il nome dell'amico, – disse, piú a sé stesso che a lei: e d'un balzo tornò indietro col pensiero, ricompose tutto il loro colloquio, pesò ogni parola di lei, parve rimandarsela su dal cuore, ruminarla e ringoiarla con disgusto. – Già, per questo ha ragione lei di dire: «Io non la conosco ancora.» È difficile davvero conoscere le persone. Ed ha ragione, adesso capisco, di non riprendersi in casa quei due. L'amore è una cosa grande, quando non è ridicola; ed è bene non illudersi, per poi non disilludersi: Però io non cambio opinione a suo riguardo, sebbene adesso la conosca un poco; lei è una donna eccezionale, e dimostra, con questa sua confidenza, della quale la ringrazio, di dividere i miei principii di sincerità e lealtà.

Anche lei s'era di nuovo irrigidita. Il parlare un po' sconnesso di lui le ridestava un senso di diffidenza: però si avvedeva ch'egli parlava per gelosia, e se ne sentiva lusingata, ma in modo cattivo, anche perché le pareva ch'egli lo facesse non senza ironia.

– Che pensa di me? – domandò rivoltandosi quasi minacciosa: e poiché dal viso di lui sparve la ferocia e vi rimase solo una tristezza spaventata, anche lei si ripiegò grave e stanca. – Ho fatto il mio dovere sino in fondo. Potevo riprendermelo io, quell'uomo: bastava che volessi: egli cercava la mia sostanza, come gli altri, perché la sua gli è insufficiente per adagiarsi com'egli ha bisogno nella vita: ma se io volevo riuscivo anche a piacergli. Non piaccio anche a lei? – domandò brutalmente.

– Io sono altra cosa, – egli rispose umile e tuttavia con intenzione maligna.

Ed ella si difese.

– Lei è un uomo: è il primo vero uomo che io abbia conosciuto: non si diminuisca per volermi diminuire.

– Dio me ne guardi! Ma l'altro...

– L'altro, era un mascalzone; e credo lo sia ancora, e credo che abbia sposato mia nipote un po' per amore sensuale, molto per la speranza della mia roba. È un disgraziato, in fondo, un debole, ma ha la potenza, come tutti i deboli, dell'astuzia istintiva. Egli conosce benissimo, e per questo credo abbia sposato mia nipote, il fascino che destava in me con la sua presenza.

– Lei lo ama, – disse l'uomo, abbassando la testa come un bambino che vuol piangere.

– Che cos'è l'amore? Se è paura, quella paura misteriosa che a volte ci assale in un luogo solitario, di essere sorprese e violentate da un ignoto, e il vegliare contro il pericolo, e la vergogna di desiderare che il fatto avvenga, ebbene, tutto ciò l'ho provato certamente fino a qualche giorno fa, no, voglio essere sincera, fino a pochi momenti fa, quando ho sentito in lei il cuore vivo di un uomo che può salvarmi e accompagnarmi per il resto del cammino. Se lei mi tende ancora la mano, io non ho piú paura, e tutto il passato non è che una brutta notte di cattivi sogni.

L'uomo tese immediatamente la mano; ma qualche cosa di oscuro doveva accadergli dentro perché volse il viso e lo nascose nell'angolo del sofà; e a lei parve che piangesse.

Fu, quella che seguí, una sera di luce indimenticabile.

L'uomo era andato via promettendo di tornare il giorno dopo; e la donna si aggirò nella sua casa come in una casa nuova: tutto era mutato, e gli oggetti la guardavano con gioia, con un riflesso caldo che le pareva quello dei suoi occhi. L'incubo finalmente era sciolto: e le pareva di essersi confessata e comunicata.

Uscí sulla terrazza e scoprí un po' la collana: e anche questa le sembrò piú bella, ravvivata dal calore di lei. Ma perché l'uomo non aveva, quasi ostentatamente, badato a quel tesoro che lei non mostrava ma neppure nascondeva?

Forse la credeva cosí ricca, o lui stesso era cosí ricco, da non dare importanza a un gioiello: o forse non ne conosceva il valore, o anche lo credeva falso.

«È meglio cosí,» pensò, rimettendo dentro la veste la collana, «poiché, infine, non è nostra.»

Dopo il pasto, servito dalla domestica con una gioia partecipe e muta come quella degli oggetti intorno, sentí il bisogno di muoversi, di uscire: ma la terrazza oramai era troppo stretta per lei; e andare lontano non voleva.

Allora scese giú nel prato di sua proprietà, e cominciò a camminarvi: e le pareva di essere in piena campagna. Il chiarore della luna, non ancora laggiú corrotto da quello dei fanali, accresceva l'illusione; l'odore della terra e delle erbe l'assaliva, con un brivido di ricordi: era ancora il profumo della giovinezza, il desiderio d'amore, il respiro profondo delle radici che conservano la vita in eterno.

Andare, andare. Ella percorreva per tutti i sentieri il prato, come un continente, e la sua ombra la imitava come quella dei ragazzi al gioco e delle rondini a volo: finché si accorse che la serva ogni tanto metteva la testa nera fuori della finestra illuminata, forse burlandosi un po' di lei: allora sedette su una pietra all'ombra della casa.

E ripensò a tutte le cose che il pretendente aveva detto prima di andarsene: alla sua insistenza nel dipingersi come uno della maggioranza degli uomini; di quelli che vivono per godere la vita nella sua divina semplicità.

«Per tre quarti dell'anno, e anche più, mi piace lavorare e studiare, fare il bene per me e per l'umanità: arriva però anche il mio periodo di vacanza, e allora amo viaggiare, conoscere luoghi e paesi e uomini nuovi: e se non posso farlo attraverso il mondo lo faccio entro le mura stesse della città: anche una piccola stanza può essere un mondo quando si ama la vita; e si deve essere tutti come l'arabo che s'inginocchia e ringrazia Dio perché gli ha concesso di dissetarsi alla fontana.»

La mattina dopo mentre ella stava a pettinarsi davanti a un piccolo specchio attaccato alla maniglia della finestra, abitudine e specchio conservati dal tempo della povertà, la serva bussò all'uscio e senza entrare, quasi indovinasse di essere portatrice di male, le porse una lettera.

Una lettera ch'era stata portata a mano. La busta bianca e quadrata e l'indirizzo scritto con caratteri piccoli e neri che parevano incisi, diedero alla donna una sinistra impressione: le parve di leggere il suo nome su una lapide mortuaria.

Era l'uomo, il suo fidanzato del giorno prima, che le scriveva.

«La prego di perdonarmi se non tornerò, né oggi né mai piú. Lei ha capito già che io appartengo al grande numero degli uomini comuni che vedono la vita come una strada diritta, ed evitano i pericoli. Io non La dimenticherò mai, ma dopo quanto Ella mi ha detto, non posso unirmi a Lei.»

Ella non rilesse la lettera: fece a pezzetti il foglio e la busta e li buttò dalla finestra; poi riprese a pettinarsi, sollevando sulla fronte la doppia ala argentata dei suoi folti capelli.

Era calma: solo le pareva che il piccolo specchio si fosse d'improvviso appannato e riflettesse male il suo viso pallido velato di un'ombra azzurra, con le narici un po' livide e dilatate come quelle dei moribondi.

Riprese a pettinarsi: aveva cominciato a farlo con una certa cura, spazzolandosi dapprima i capelli e pensando al modo di nascondere i bianchi sotto quelli neri; adesso tornava ad acconciarli come sempre, mandandoli in su e indietro con indifferenza e stanchezza; e ricordava una cosa lontana, un giorno che un turbine l'aveva investita, in mezzo alle sue pecore sul piccolo altipiano del paese. Le pecore le si erano strette intorno, a lei pareva non per cercare protezione, ma per proteggerla. Il vento le colmava le vesti, le passava sul collo come un coltello, e, penetrandole da un orecchio all'altro le riempiva la testa col suo fragore, portandone via i pensieri. E in lontananza il lago lottava col vento, e si accendeva e spegneva al passare delle nuvole come un cielo notturno solcato dai fulmini.

Quando ebbe attortigliato e fermato bene i capelli, abbandonò le braccia e stette immobile come quella volta, aspettando che il turbine cessasse e i pensieri tornassero.

Tornarono. Ricordò tutte le cose del giorno prima, e le venne da ridere, come fosse lei la vita e si beffasse delle chiacchiere e delle promesse e delle speranze degli uomini.

Ma vide nello specchio il suo viso illuminato da quel ridere silenzioso e ricordò le parole della nipote:

«S'egli ti avesse veduto cosí, ridere come tu sai, ti avrebbe amato».

Un'ira brutale le strinse i denti: vide il suo viso farsi cupo e riaccendersi come il lago sotto il turbine; allora staccò lo specchietto che aveva raccolto il suo viso di fanciulla e lo sbatté contro il davanzale della finestra; i frantumi schizzarono giú, scintillando e si sbatterono con un tintinnio di monete sulla pietra ove la sera prima ella stava seduta.

E con questo le parve di aver rotto e disperso definitivamente il suo passato.

In novembre qualcuno le disse che gli sposi erano tornati: in attesa che l'appartamento da loro preso in affitto fosse pronto, abitavano in un albergo di lusso.

Ella non aveva piú mandato né piú ricevuto da loro notizie: tuttavia una sera venne, sola, la giovine sposa.

Era incinta; aveva un viso disgustato e sofferente, e uno sguardo cosí umiliato che fece cadere lo sdegno freddo e chiuso dell'altra.

– Perdonami, – disse baciandola timidamente, mentre guardava intorno furtiva per salutare, senza parerlo, gli oggetti conosciuti: – sono stata sempre male dacché siamo giunti, e non ho telefonato né scritto per non annoiarti. Mio marito poi è offeso perché tu non hai piú scritto: non hai risposto a una sua lettera, non alle mie ultime cartoline: piú nulla, piú nulla.

Ella parlava con voce monotona, senza rancore né tristezza, ma con l'accento opaco di chi è rassegnato a tutto. E l'altra la guardava con un istinto di gioia perversa: quella sposa bella ed elegante, già coperta di un precoce mantello di pelliccia dorata, non era felice.

– Aspettavo di giorno in giorno il vostro ritorno, – disse, pacatamente. – Ogni tua cartolina lo annunziava. Sono stata poco bene anch'io; non sono piú uscita, non ho piú veduto nessuno: cosa dovevo scrivervi?

– Potevi offrirci ospitalità, per questi pochi giorni, – riprese l'altra senza badare al peso delle sue parole. – All'albergo si spende enormemente, e si sta male. Tutti questi giorni, poi, Giovanni è come fuori di sé per l'arredamento della casa. Ha visitato, credo, tutti i magazzini di mobili e tutti gli antiquari. Oggi ha comprato dieci cuscini ricamati e dipinti, e me li ha portati tutti in camera. Mi è parso di soffocare. Ha comprato anche quadri di valore.

– È bello avere una casa bella; e a lui piacciono queste cose.

– Anche a me, se non costassero e ingombrassero tanto. Mi toccherà poi di lavorare il doppio per tenerle bene.

– Le farai custodire dalla cameriera.

– La cameriera sarò io, – ella disse con un lieve sogghigno; – voglio lavorare, come sempre ho lavorato. Non lavoravo, qui? Non eri contenta di me? Non eri contenta?

– Ero contenta, sí. Ma che hai, bambina? Si direbbe che non sei felice.

– Sono anche troppo felice. Perché non dovrei esserlo? Perché ho ingannato voi due? Ma credi pure, zia, è meglio cosí. Non era uomo per te, lui.

– Maria! Ma perché parli cosí? Ancora?

La giovine allora buttò giú fino a terra il mantello, che s'aprí come una fresca pelle ancora ramata di viola all'interno, e la lasciò nella nudità di un lieve vestito rosa molto scollato e senza maniche.

– Ricordi, zia, di quel nostro discorso, quando io ti dissi che volevo vivere nella verità? Ebbene, ho tenuto la parola: vivo e voglio vivere nella verità. Sarò pazza e stravagante, come mi dice lui un po' per celia e molto sul serio; ma è necessario che sia cosí. La finzione non deve piú esistere per me: accada quel che deve accadere, ma io voglio camminare in una strada diritta e chiara.

L'altra chinò lievemente la testa: ricordava le parole dell'uomo che le era passato accanto toccandola col fiore della speranza: ma che cosa rispondere adesso a quest'altra illusa, che senza saperlo recitava anche lei la commedia della sincerità? Non c'era che da sorridere ancora, di beffe e di amarezza: eppure non lo fece.

– Tuo marito è buono? – domandò con voce soffocata.

– È l'uomo più buono del mondo. Ed io, ripeto, sono felice: eppure soffro; ho paura che la creatura che è dentro di me debba scontare questa mia felicità che non mi è dovuta.

– Ma smettila, – disse l'altra, fra turbata e ironica; – si vede che non hai davvero pensieri, se ti trastulli con queste sciocchezze.

– Mio marito è buono e generoso: generoso fino al ridicolo: se potesse condurrebbe a casa tutti i mendicanti che incontra. Nella villa al mare c'era una giovine sposa che ha partorito: ebbene, lui piangeva pensando a quello che soffrirò io. E tutto per lui ha del fantastico, con significati profondi; ma mentre vede un fine ideale in tutte le cose è uomo sensualissimo: gli piacciono tutte le donne belle, e il mangiar bene, e le cose di lusso. Aveva comprato due cani levrieri e si dimenticava di me per loro. Fortunatamente si stanca presto delle cose che possiede, e se ne disfà, senza certo guadagnarci.

– Spero non farà cosí di te, – disse l'altra sorridendo.

– Non c'è da sorridere, zia; tutto può darsi. Ma di questo non ho molto paura, almeno finché tu lo vorrai.

– Che c'entro io? Non ricominciamo.

– Tu lo sai bene, zia. Egli conta sul tuo aiuto, quando noi saremo completamente rovinati, il che non può tardare che di qualche anno. Egli si mangia il suo patrimonio da quando è nato; se lo mangia naturalmente, come il bruco la foglia dov'è nato adesso, poi, siamo in due e fra poco saremo in tre. Ed egli lo sa e non se ne preoccupa anche perché ha l'illusione di potersi mettere a lavorare e guadagnare. Ma è buono a fare l'avvocato come lo son buona io. A farsi imbrogliare da tutti, è buono. Ed è inutile illudersi: egli è venuto a battere a questa porta come a quella della provvidenza. Poiché egli ha bisogno di vivere, e qualcuno deve aiutarlo: ed è ancora come un figlio di famiglia che pensa solo a spendere i denari del padre e della madre in attesa di un posto lucroso.

– Tu mi spaventi, Maria.

– Tu non ti devi spaventare né preoccupare di nulla: perché egli è incapace di far male a una mosca: e dove il male non esiste non deve esistere neppure la paura. Se tu ci chiudi la tua porta, egli è capace di lasciare la città per non incontrarti mai piú. Il suo orgoglio è smisurato. Stasera io sono venuta qui di nascosto da lui perché il tuo silenzio dopo la sua lettera lo offende e lo umilia; e non verrà mai piú da te se tu non solo lo inviti ma gli dimostri anche di volergli bene e di stimarlo profondamente... Ed egli merita di essere amato e stimato, dopo tutto, – ella riprese, impressionata dal silenzio duro dell'altra. – È buono, dopo tutto; è un grande fanciullo che ha bisogno di essere guidato e tenuto con mano ferma. Disgraziatamente io non sono capace, a far questo: non sono capace, – aggiunse desolata, abbandonando le braccia con un gesto d'impotenza: – è forse la razza: io mi sento un po' serva, davanti a lui; penso magari male di lui, e mi sdegno e prevedo le cose peggiori, ma in sua presenza mi faccio e mi sento piccola. Sono debole, piú debole di lui, perché infine lo amo. Intendi, zia? Lo amo. Lo amo appunto perché è lui, perché è cosí: se non fosse cosí forse non lo amerei... Eppoi mi ha sposata, – riprese, risollevandosi e come protestando contro sé stessa e le cose che diceva: – e poteva non farlo. Può darsi che lo abbia davvero fatto per interesse, ma lo ha fatto anche per passione. E mai finora ha neppure lontanamente accennato al mio inganno: è gentiluomo, con me, anche nell'intimità piú nuda. Come non posso essergli grata? Dopo tutto se spende, spende i denari suoi: io mi vergogno a rimproverarlo... Se tu lo conoscessi da vicino, – disse infine con un impeto che la fece arrossire, – lo ameresti tu pure. Tu non lo conosci, non hai voluto conoscerlo: solo avevi premura di mandarci via, poiché, è giusto, la nostra presenza e il nostro amore ti annoiavano.

– Quante cose ingiuste che tu dici! – protestò sordamente l'altra.

– No, no, tu non ci vuoi bene: ed è male. Bisogna amare, zia, non per la carne ma per lo spirito: non c'è altro che riscaldi la vita. Che cos'è l'uomo senza amore? È una bolla di sapone falsamente luminosa. Perché non hai piú scritto? – domandò poi, abbassando stranamente la voce come per invitare l'altra a confidarsi, a dire la verità.

E l'impeto di dire anche lei la verità gonfiò le vene dell'altra; ma si dominò: si sarebbe svenata prima di riaprire il suo cuore ad anima viva.

– L'ho già detto, – rispose con voce morta: – non sapevo cosa scrivervi: che può dire una che fa la vita come la faccio io?

– Non è vero. Tu hai qualche cosa con noi: qualche cosa che ti deve essere accaduto per colpa nostra involontaria: e tu non perdoni, tu non perdonerai neppure alla nostra creatura: e questo è triste, anche per te, per il tuo avvenire.

– Che t'importa del mio avvenire? Esso sarà quello che sarà.

– E quello che io ho voluto che fosse.

– E lasciamo andare! Sei divenuta ancora piú stramba: e tu pure faresti bene ad essere piú calma, anche per la tua creatura, e a goderti meglio la tua felicità. Del resto anche la lettera di tuo marito era strampalata, scusa se te lo dico: siete molto giovani ancora e bisogna mettere giudizio: la vita è una cosa seria.

– Tu non mi intendi, zia, perché non mi vuoi intendere. Appunto perché la vita è una cosa seria io ti parlo così.

– Lasciamo andare, – ripeté l'altra con stanchezza. – Parlami piuttosto del tuo viaggio e delle cose belle che hai veduto.

– Il viaggio? Chi se ne ricorda? Mi pare di aver veduto tutte quelle cose al cinematografo: avrei preferito certo star qui. Anche giú al mare è stata una vita movimentata: sempre gente, musica, gite di qua e di là. Andati via i villeggianti, io sarei volentieri rimasta laggiú, anche per economia; ma egli dimagriva e impallidiva di noia, poiché dice di essere un solitario mentre non può vivere se non in mezzo alla gente; si burla un po' di tutti e giudica ferocemente il prossimo ma non può farne a meno... Adesso, continuò, accorgendosi dell'interesse che l'altra dimostrava per questo ritratto a chiaroscuro ch'ella tracciava del marito, – chissà cosa mai combina con l'appartamento di qui: il guaio è che, intanto, abbiamo due case: però...

S'interruppe, corrugando le fini sopracciglia che divennero irte. La preoccupazione le induriva il viso, come per lo sforzo fisico di respingere qualcuno che volesse farle male.

– Però?... – interrogò l'altra, piegandosi e sporgendosi con un istinto di umanità piú forte del suo duro volere.

– Non mi dispiace di avere quell'altra casa, che infine è la nostra vera casa. È triste, sai, ma bella. E laggiú spero di andare a partorire. Ci verrai?

«No, non ci verrai, lo so già, – disse senza aspettare la risposta. – Eppure sarà il momento di dimenticare tutto.

«Io ho paura di morire, – riprese ancora, rassegnata e quasi contenta di parlare lei sola, come uno strumento che suona una musica senza accompagnamento, e tutto esaurisce, domanda e risposta. – Dicono che questa paura l'hanno tutte le donne alla loro prima gravidanza; ma credo che nelle altre sia solo una paura fisica, mentre io la sento nel profondo dell'anima. E se io morrò e la creatura resterà viva sarà forse meglio. Tu, allora, le vorrai bene. Tutto nella vita è possibile. Tu ridi? – insisté guardandola ostile e gelosa. – Sei bella e giovine, quando ridi: peccato che invece ti mostri sempre corrucciata. Ecco, ecco che lo ritorni! Perché? Ti ho offeso? Tu potrai anche sposarti con lui. Tu ridi?»

E allungò timidamente il braccio argenteo venato di azzurro, come per tentare una carezza sull'altra ancora piegata verso di lei; e quella non si mosse; solo i suoi occhi parvero dire qualche cosa alla mano diafana che si avanzava, e la mano si piegò in giú e rimase sospesa, con le punte delle unghie brillanti come lagrime congelate.

Poi la stessa mano si tese fino a terra, e tirò su il mantello ma lo lasciò subito ricadere; e per un poco il discorso parve cambiar tono, anche perché l'altra s'era sollevata e suonava il campanello e alla serva, apparsa con la rapidità di uno che sta appena dietro l'uscio, ordinò di portare il tè.

– Non disturbarti, zia, – pregò la giovine; – ho già preso il caffè prima di venir qui. Piuttosto, se mi permetti, fumo una sigaretta.

– Tu fumi? – disse l'altra sorpresa.

– Eh, sí, ho preso anche quest'abitudine. È bello; mi piace: le sigarette le faccio da me, – disse come per scusarsi: intanto aveva tirato fuori della borsa il portasigarette e l'accendino d'oro, e in un attimo l'aria odorò di un indefinibile profumo fra d'incenso e di tabacco forte, che nell'altra riaccese il ricordo fisico dell'uomo che nelle sere calde e luminose della primavera scorsa portava nella casa l'alito della passione.

Anche la giovane s'era d'improvviso eccitata e fatta bellissima: si alzò tendendosi a prendere il portacenere dalla tavola e il suo vestito rosa parve illuminare il crepuscolo della stanza.

– Accendi, – disse la zia.

– No, no, lascia: si sta bene cosí. – E messo il portacenere sullo spigolo della tavola fumò in silenzio; ogni tanto il suo braccio nudo si tendeva e la sua unghia lucente spruzzava la cenere della sigaretta: e, non sapeva perché, l'altra provava ogni volta a quest'atto un senso di angoscia.

E quando vide che alla prima seguiva una seconda sigaretta suonò ancora e fece' portare il tè. Quando la serva fu di nuovo andata via, la giovine buttò la sigaretta e parve scuotersi da un sogno.

– Tu dunque dovresti venire, – riprese, animata e, parve all'altra, anche un po' crudele; – ti ripeto che tutto è possibile e tu non devi aver paura di andare incontro al destino. Rispondi: voglio che tu mi risponda.

E l'altra rispose, ma con l'accento rassegnato di chi si è imposto pazienza.

– Tu fantastichi. Del resto, sí, verrò, se la mia presenza è necessaria; però fammi il piacere di smetterla con tutto il resto.

– Se la tua presenza sarà necessaria! La tua presenza è sempre necessaria, per me: se tu mi manchi, se tu ci manchi, forse la luce si spegne.

Allora la donna ebbe un impeto di sdegno vertiginoso.

– Tu sei venuta per farmi del male, – disse con disperazione. – Basta, ti prego: non parlare piú cosí, o se tu sei convinta che sia cosí, se credi di stare come il pesce nella rete ancora in acqua, ebbene, cerca di liberarti. Ma anch'io voglio essere libera. E voglio darti un dolore, adesso, che potrà giovare a tutti. È necessario che io e voi siamo, d'ora in avanti, come sconosciuti.

Aspettò che la giovine balzasse o piangesse: la giovine non sollevò neppure la testa; solo allungò di nuovo il braccio e raccolse la pelliccia, se la tirò su bene stringendola al petto come sentisse un freddo improvviso; e anche lei parve coprirsi di ombra con le cose intorno.

Poi se ne andò: sola nella sera piovigginosa, fra le ombre che s'incrociavano sul selciato nero lucente del luccichío sinistro delle notti invernali, pareva, con le sue ricche vesti, la felicità sperduta in un luogo di dolore.

L'inverno che seguí fu straordinariamente rigido e limpido. Chiusa nella sua casa tranquilla, la donna aveva l'impressione di trovarsi in un eremo in montagna.

E non aspettava piú nulla, non sperava piú in nulla: e le pareva che la vita la lasciasse in pace perché lei si contentava di quanto possedeva, del tepore della casa, del buon cibo, del sole sulla terrazza, dell'alito del prato bianco di brina che le ricordava i suoi pascoli e la fanciullezza divinamente triste, dell'azzurro dei monti orlati di neve, e del chiaro di luna nelle notti di vento quando la vetrata chiusa brillava e scricchiolava come fatta di ghiaccio.

Cadde anche la neve; e furono giorni felici: le pareva di essere ancora lassú, bambina, stupita del mistero che trasformava la terra e dava alle cose il fascino sovrannaturale dei fantasmi. Ricordava di aver toccato la prima volta la neve dopo un'esistenza paurosa: e le era parsa fuoco: poi l'aveva mangiata e mai nulla aveva trovato di piú buono.

Dalla vetrata non si stancava di guardare il prato bianco dove gli uccellini danzavano come i fanciulli d'estate; finché il tramonto colorí di rosa la neve.

E d'un tratto crede di sognare: un uomo passa laggiú, nel bianco deserto, dietro la siepe che pare di biancospino fiorito: è il suo fidanzato di un'ora; ed ella ha voglia di ridere, ma qualche cosa come uno schiaffo violento glielo impedisce e la rende triste e pensierosa. Ha l'impressione che l'uomo sia venuto fino alla sua porta e non abbia osato suonare; e anche lei ha desiderio di aprire i vetri e chiamarlo, ma non può. Egli si allontana, ella ritorna in sé: a che giova sognare? Egli è l'uomo, lei la donna, nella loro eterna separazione; e si cercano e non si trovano, nel deserto chiaro e infinito dell'illusione, e se riescono a incontrarsi si feriscono come nemici.

Per Pasqua arrivò una lettera della nipote il cui modo di esprimersi sembrava sempre strano ma corrispondeva alla verità.

«Io sto bene, zia, e le cose vanno sempre apparentemente bene: sento però di continuo come una minaccia su di me, e il rimorso di quello che ho fatto non mi abbandona mai.

«Spesso ho l'impressione di averti fatto piú male di quanto io non creda: qualche cosa ti deve essere accaduto, dopo l'ultima lettera a te di Giovanni; non so, ma è una triste cosa: e un muro alto si è innalzato fra noi e non ci vediamo, forse non ci vedremo mai piú.

«Con Giovanni non si parla mai di te, ma sento che egli pensa come penso io. Solo, a Natale, egli mi disse che dovevo farti gli augurii: ed io *non ho potuto*: mi pareva che dovesse sembrarti un'ipocrisia, ed ho preferito il silenzio. Adesso però non posso tacere oltre: l'inverno è passato, tutto si rinnova nella natura: perché questo non può avvenire anche nell'uomo? Ti mando dunque i miei augurii, che sono pure per me, poiché dalla tua pace e dalla tua gioia mi verrà, spero, quello che piú desidero in fondo al cuore: il tuo perdono.»

Questa lettera le parve sincera; ma non scioglieva il suo gelo.

Eppure sentiva di giorno in giorno crescere il peso della solitudine. La speranza di trovare qualche cosa che l'aiutasse a vivere l'aveva, in fondo, sempre accompagnata. I sensi vigili, tanto piú vivi quanto piú frenati, avevano popolato di desiderii e d'illusioni la desolata realtà dei giorni sterili; e il tempo le era colato fra le dita come l'acqua nella clessidra, inavvertitamente, ma sempre palpitante e vivo.

Adesso quella speranza e questi desiderii le venivano a mancare: i sensi piú vivi si assopivano lentamente, lasciando posto a quelli piú materiali, alla gola, alla pigrizia, al bisogno di dormire; e questo mancare dell'anima che permetteva al corpo d'ingrassarsi e appesantirsi, le dava già il senso della morte.

Ma la tristezza che ne derivava era ancora un segno di vita: bisognava scuotersi, ridestare l'anima, riallacciarsi alle cose vive, sia pure al dolore.

Una sera, dopo Pasqua, si rimise la collana, che anch'essa impallidiva quando non era usata; e d'improvviso pensò alla creatura che doveva nascere, che poteva essere stata sua e in qualche modo lo era perché senza di lei non sarebbe nata: e provò un oscuro senso di rimorso pensando che gravava già sul destino dell'innocente nell'inquietudine e negli scrupoli della madre.

Poi la sonnolenza la riprese. A che affannarsi invano? Soli o ribaltati nella catena degli uomini, la vita passa lo stesso, e tutto muore con noi.

E quando piú stava immota e sola, nel deserto del suo letto, sentiva di camminare, camminare inesorabilmente; il battito del suo cuore segnava il passo, quello che solo si sente nel silenzio, il passo vero che conduce alla grande mèta.

E allora, da questa disperazione che il sonno seppelliva, spuntavano sogni misteriosi.

Invariabilmente la madre morta vi prendeva parte: e mentre lo sfondo era come quello di un quadro a chiaroscuro, ove l'ambiente, i personaggi e gli animali agivano in una nebbia confusa, la figura di lei, della madre, occupava il primo piano, chiara e rilevata, sempre nel suo letto, malata di attesa e d'inutile passione. Che aspettava? A volte, nel sogno, anche la figura del padre compariva, tornava: lei non si moveva, aspettava lo stesso.

E la donna che sognava si sentiva immedesimata nella madre, in quel dolore e in quell'attesa che aveva un giorno respirato e le rimanevano nel sangue come una malattia ereditaria.

Ed ecco una mattina di maggio, dopo una notte ingombra di questi sogni, le fu recapitato un avviso: qualcuno desiderava parlarle, al telefono centrale.

Le parve di non turbarsi, come la mattina che aveva ricevuto la lettera del suo grottesco fidanzato: eppure sentiva che qualche cosa di nuovo, forse l'avvenimento misterioso da lei senza volerlo, quasi senza saperlo, aspettato, veniva a scuotere la sua esistenza.

Chi desiderava parlarle da lontano? Pensò appunto all'uomo dal vestito a sacco, ma sentí che non era lui. Pensò a Maria, e sentí che neppure lei era. Fino all'ultimo momento fu indecisa di andare, come si trattasse di un appuntamento pericoloso; poi andò e guardò bene dentro la cabina del telefono, prima di entrarci, quasi paurosa di un tranello.

E nel silenzio, nel buio, come nel mistero di una grotta sotterranea ove poteva essere nascosto un tesoro o un mostro, sentí distinta ma un po' cavernosa, quasi venisse appunto da una profondità di scavo, la voce di Giovanni Delys.

E le parve che quella voce fosse di per sé cosí, arrochita da un vuoto interno tenebroso e freddo, e dalla fatica di vincere la lontananza e farsi capire per il solo suo suono e non per le parole che pronunziava; eppure incosciente di tutto questo.

Egli parlava lieto, anzi oblioso delle vicende passate: tanto oblioso che le dava del tu.

– Come stai? Come stai? – insisté finché lei che rispondeva «Bene» con indifferenza non ebbe confermato meglio il suo buon stato di salute.

«Senti, tu mi scuserai di averti disturbata, ma era indispensabile. È per Maria. Ha partorito stanotte; una bellissima bambina; ed è necessario che tu venga a vederla.

«È necessario, – ripeté dopo un attimo di silenzio durante il quale tutto il mondo parve buio e disabitato. – Per Maria. Tu m'intendi. Siamo nella villa al mare. Se tu non vuoi viaggiare sola vengo io a prenderti. È necessario: per Maria, – ripeté una terza volta, lentamente; e poi la sua voce si spense come quella di uno che muore pronunziando il suo ultimo desiderio.

La donna tremava tutta e si sosteneva all'apparecchio con l'impressione di essere attaccata sospesa all'orlo di un precipizio. Non poteva rispondere; e la voce di là taceva, ed ella ricordava le parole di Maria: «è l'uomo più orgoglioso del mondo» e sentiva che egli non avrebbe mai piú parlato, davvero come un morto, se lei non rispondeva subito e affermativamente.

– Verrò, – disse sottovoce: e si staccò dall'apparecchio come lasciandosi scivolare giú per il vuoto dell'abisso.

Poi riprese ad ascoltare. La voce dell'uomo arrivava adesso con una vibrazione di sollievo.

– Grazie. Grazie, sai, per Maria e per la bambina: e anche per me, – aggiunse con calore.

Ed ella lo ricordò nell'atto di baciarle la mano con le molli labbra avide: e lo rivide tutto, carnalmente, lí accanto, nel buio, nel silenzio, come se la stringesse per non lasciarla piú.

Egli insisteva nella proposta di venir lui a prenderla; e poiché ella rifiutava le diede precise indicazioni per il viaggio; senza però far premura, adesso che aveva la promessa di lei ed era sicuro che verrebbe mantenuta: e di nuovo la sua voce calma era la voce di un uomo felice; eppure ella sentiva che un mistero le si celava, un agguato nel quale già era presa.

«Vigilerò e mi salverò ancora. O bisogna bene che io sia predestinata e che Dio mi abbandoni del tutto perché mi si possa ancora ingannare. Ad ogni modo sia fatta la tua volontà, o Signore», pensò riponendo l'imbuto dell'apparecchio.

E istintivamente si fece il segno della croce.

Partí la notte stessa, mentre quelli l'aspettavano per la sera del giorno dopo. E in treno, sola, col pensiero della sua casa abbandonata, col pensiero del pericolo al quale correva coscientemente incontro, fra le ombre e le figure sconosciute che andavano e venivano, e le distanze misteriose che si attraversava, le pareva di sognare i soliti suoi sogni.

Ma il giorno nascente dissipò l'incubo: e appena arrivata, tutto il borgo dei pescatori parve accoglierla con festa.

Le casette, a destra della strada erbosa che fiancheggia il canale del porto, riparate sotto una nuvola verde e scintillante di robinie, gettavano dalle porticine alte le loro scalette di mattoni, invitandola a entrare: e i gatti che vigilavano le soglie la guardavano con la loro placidezza di animali sacri. Dall'altra parte della strada, fra un tronco e l'altro delle grandi robinie nodose, lungo la banchina del canale, pendevano festoni di vecchie reti rossiccie e di reti bionde appena tessute, tutte onduleggianti, coi loro pendagli di sughero, come vesti di donne: e attraverso il loro velo ardeva il croco delle vele ferme, il cui riflesso incendiava e riempiva di serpenti luminosi l'acqua increspata del canale.

Una vecchietta mattiniera, seduta sotto una robinia, filava la canapa per le reti, tirando il filo da un fuso piú alto di lei; e pareva la parca del luogo, il simbolo di quella vita semplice il cui alito spirava intorno con l'alito della terra e del mare.

Altri quadretti animavano lo sfondo azzurro grandioso: una barca chinata sull'acqua pareva una casa di legno con gli alberi giú sradicati dal vento, e tutti i suoi arredi primitivi, i boccali verdi e i cestini che odoravano di pesce, riversati sulla banchina fra i mostruosi aggruppamenti di corde e le assi del cantiere: i bambini correvano a cavallo dei cani, e tutto un popolo di animali domestici si scostava per lasciar passare una lenta processione di bianche oche dondolanti.

E in cima a una montagna di assi, una bambina scalza vestita di rosso, coi riccioli biondi penetrati di azzurro, piangeva per paura di non poter ridiscendere: giù i ragazzi la schernivano e l'incoraggiavano; e tutto, pianto e riso, accresceva allegria e colore al luogo.

Piú giú il paese cambia aspetto: case nuove di pescatori arricchiti, coi pozzi nei cortili puliti, come tazze sul vassoio, si specchiano nel canale, fiere di far compagnia alla chiesa e alla grande villa grigia e dura come un castello che è l'ultima ad avanzarsi sul mare e ne è tutta abbracciata.

La donna si fermò ancora incerta e curiosa. Dalla torre della chiesa scendeva un suono di campane, stridente come il canto del gallo che apre l'alba: e l'acqua del canale con dentro una chiesa e barche e alberi e un cielo belli oltre la realtà come nella creazione di un artista, ripeteva il suono da una profondità infinita.

Prima di entrare nella villa, la donna sentí il bisogno di conoscerla tutta di fuori, di guardarne bene la fisonomia come quella di una nuova conoscenza: andò dunque avanti, di là dalla facciata, di là dal muro di un piccolo giardino sabbioso che le si stendeva a lato: si volse; ma la villa le stava ancora sopra, pesante e alta come una torre.

Allora pensò di andare fino al molo, dal quale poteva vederla intera: e avanzandosi sulla spiaggia larga ondulata e rivestita di cespugli fioriti, vide d'un tratto come una piccola montagna nera, a picchi eguali, profilati di neve, immobile sul turchino del mare. Era una fila di suore, sedute strette una accanto all'altra su una duna di sabbia: pregavano, scorrendo lentamente i grani del rosario come per contare il tempo in quella vasta solitudine. Pareva che dopo aver attraversato il mondo si fossero fermate lí, al limite della terra, a contemplare l'eternità: e un senso di pace solenne spirava da loro come davvero da un paesaggio di montagna.

La donna andò oltre, sulla striscia di pietra che domina il mare. Il mare si lasciava dominare, quella mattina, azzurro e calmo: e quando fu seduta in cima alla banchina ella ebbe l'impressione che l'acqua scaturisse dalla terra come quella di un fiume senza confini che andava placido verso l'orizzonte: e l'aria, lo spazio, l'intensità di tutto quell'azzurro le diedero un senso di ubbriachezza; ebbe paura di cadere nell'acqua e guardò verso terra per ritrovare dove appoggiarsi.

La villa era lí davanti a lei; se ne vedevano tre lati, quello centrale sporgente verso il mare come la prua di un bastimento, con la torre merlata sopra la quale volteggiavano due colombi bianchi raggianti come d'alabastro. Una loggia di marmo e un'altra piú piccola ma piú aerea, di ferro, circondavano tutto questo lato della villa; e sulla balaustrata piú alta ella vide qualche cosa di piú lieto e candido ancora dei colombi in amore: i pannolini della neonata tesi ad asciugare.

Ma si ritorse subito contro il suo turbamento; non voleva commuoversi oltre: la stessa ebbrezza che le dava il mattino, e quella grandiosità della solitudine, le facevano parer piú bella la sua libertà. E voleva salvarla, la sua libertà, come la vita stessa, a costo di tutto.

E si ripiegò su sé stessa, aprí sul grembo la borsa, trasse la collana, la stese sulle sue ginocchia per scaldarla al sole.

Le perle, che s'erano di nuovo lievemente appannate, d'un tratto si schiarirono: il riflesso azzurro dell'aria diede loro una luce violacea iridescente, e parve che il sangue della loro vita misteriosa si ridestasse, in loro.

Ella aveva portato la collana per donarla alla bambina, come un'offerta alla vita stessa: ma che la lasciassero finalmente in pace, come si lasciano i morti.

Il portoncino chiuso della villa, rifugiato sopra tre scalini di pietra e protetto dalla loggia del piano superiore, le ricordò quello di casa sua: verniciato di recente rifletteva anch'esso il verde e l'azzurro intorno, e nelle borchie d'ottone ella vide il suo viso cosí grottescamente deformato, largo e ridanciano, che ne ebbe quasi un senso di allegria.

Ma anche lei, come un giorno l'uomo alla sua porta, non poté suonare subito. Le pareva che quel portoncino, rimesso a nuovo per ingannare gli occhi del visitatore e nascondergli lo stato di vecchiaia e la decadenza della villa, la irridesse con le sue borchie ghignanti, e anche con l'altezza del bottone del campanello, per premere il quale doveva sollevare tutto il braccio, senza forse arrivarci.

Pareva che solo persone di altissima statura fossero ammesse ad entrare nella villa: ed invero tutto era alto, nella facciata rigida scrostata dal rosichío del vento marino: alti i piani, le finestre, le loggie, i cornicioni; ma era una grandiosità che se poteva interessare non intimidiva, povera e impotente come quella dei vecchi signori decaduti.

E la donna sentiva di essere davanti a un quadro al quale si era data la vernice per sollevarne la povertà essenziale e il colore opaco: il cuore e l'istinto non la ingannavano: dietro quella porta imbellettata c'era una miseria da aiutare, un dolore che si nascondeva quasi pauroso, come un animale malato.

Ma lo stesso contrasto fra l'ombra che si rifugiava dietro quelle finestre chiuse, scolorite e solcate di fessure, e la grande luce di fuori, la teneva sospesa su quei gradini come sulla cima di una montagna, al cader della sera, quando i pericoli della solitudine distruggono la bellezza del luogo e dell'ora.

Scendere e andarsene! Era a tempo ancora. Scese uno scalino, poi lo risali, s'alzò sulla punta dei piedi e suonò.

Una vecchia che pareva il ritratto in cera di una regina in esilio, vestita tutta di nero, alla moda di cinquant'anni fa, con una cuffia di merletto, le aprí dopo molto aspettare la porta. E all'aprirsi della porta ne venne fuori un tanfo d'umido misto a odore d'incenso come da una chiesa sotterranea.

La vecchia doveva essere già avvertita perché parve riconoscere la visitatrice e la fece senz'altro entrare nell'ingresso ampio, polveroso e lastricato di pietre, che riceveva luce da un finestrone alto sulla ripida scala di mattoni corrosi.

– Come sta la signora?

– Sta bene, – disse la vecchia con una voce senza suono, salendo la scala rasente al muro, dietro la donna. E non parve disposta a dire altro.

I passi, sebbene lievi, risonavano nel grande silenzio chiaro della scala che svolgeva con una certa dignità i suoi poveri scalini consunti e dissanguati, e arrivata alla finestra dava l'impressione della scala di un faro, tanto il mare era lí sotto e il cielo lí sopra, d'uno stesso azzurro intenso, quasi palpabile. Sul primo pianerottolo s'apriva un lungo corridoio, tutto usci e finestroni; e di là scaturiva quel profumo d'incenso che penetrava l'aria. La vecchia, tirando dritto sul secondo rampante, spiegò l'arcano:

– Ci stanno le monache.

Il secondo pianerottolo era eguale al primo: solo il corridoio sfilava via piú stretto, con piccole finestre rotonde come feritoie e il pavimento rotto che pareva pestato dal passaggio di soldati: e la vecchia spiegò, per scusarlo, il perché di quel cattivo stato di cose:

– Ci sono stati i profughi.

Ma dal fondo veniva un fascio di luce, come da una terrazza sul mare, e da quel vivo chiarore balzò verso la donna, con una rapidità silenziosa che rivelava l'ansia dell'attesa, l'uomo che l'aveva chiamata.

Come il primo giorno che si erano incontrati, era vestito di scuro, con la stessa maschera in viso, fra di vecchio e di molto giovine, la stessa correttezza di linea, e gli occhi calmi, d'una calma volontaria che però non riusciva a nascondere un fondo di tristezza; e anche adesso fece atto di baciarle la mano, ma solo per un istinto che subito vinse: e le due mani si sfiorarono e si sfuggirono come due nemici che s'incontrano per forza e si scansano a vicenda.

– Come sta Maria?

– Bene, grazie. Ti aspettavamo per stasera, ma credo ch'ella abbia già indovinato il tuo arrivo. Adesso la vedremo. Tu non hai valigie? – egli domandò guardandosi indietro mentre la conduceva per il corridoio.

– No. Posso stare cosí poco qui, – disse lei sottovoce.

– Non importa. Grazie di essere venuta.

Parlava anche lui sottovoce: chinò la testa come per ricordarsi qualche cosa, poi si volse alla vecchia che li seguiva rasente il muro.

– La camera per la signora è pronta?

– È pronta; è questa, – disse la vecchia toccando un uscio.

Egli spinse l'uscio, e nella vetrata di faccia, spalancata sulla loggia di ferro, brillò l'arco di turchese del mare.

– Tu avrai bisogno di lavarti, di prendere qualche cosa, – egli disse spingendo lievemente la donna per le spalle; – scuserai se qui non trovi le comodità di casa tua.

– Non importa, – ella disse quasi ruvidamente, senza entrare nella camera; – io vorrei veder subito Maria.

– Adesso. Lasciami avvertirla; e intanto prendi qualche cosa: entra.

Ella obbedí, di nuovo vinta da un senso angoscioso di mistero; e quando la vecchia, dopo averle detto: «Qui è l'acqua; adesso le porterò il caffè», l'ebbe lasciata sola, in quella grande camera alta e nuda arredata solo di un piccolo letto e di un cassettone gobbo con uno specchio incrinato, nonostante la grande luce e l'alito tiepido che entravano dalla vetrata aperta sulla loggia, rabbrividí di freddo, di paura, come l'avessero chiusa lí per forza e condannata a rimaner sempre in quella desolata solitudine.

Ma d'un tratto, prima ancora che la vecchia ricomparisse, un suono strano richiamò la sua attenzione. Nel grande silenzio sembrava lí, nella camera stessa, ed era come un lieve accordo di violino, a brevi intervalli; poi le parve il lamento di un piccolo animale ch'ella non conosceva; infine riconobbe il vagito di un neonato.

Doveva essere la bambina, nella camera attigua; il tentativo della sua voce nuova, che come una corda nuova strideva un poco ma già aveva un suono forte e un tono di lamento e di canto, penetrava nella fessura dell'uscio di comunicazione: e la donna pensò che l'avessero messa lí apposta, perché loro due s'incontrassero senz'altro, senza presentazioni né testimoni, sole loro due ad intendersi nella luce e nel silenzio: e nonostante la sua diffidenza si avvicinò all'uscio con un impeto di tenerezza e di curiosità e anche di gratitudine per la voce che rompeva quel sinistro incantesimo.

Tentò di aprire l'uscio: era chiuso a chiave, e la chiave nella toppa non lasciava vedere di là: allora ricordò di aver osservato dal molo che tutte le vetrate dell'angolo della villa davano sulla loggia di ferro, e uscí su di questa: così le fu facile entrare nella camera attigua.

Era una camera eguale a quella assegnata a lei, tinta con la calce, con ghirigori turchini sul soffitto che parevano un gioco dei riflessi del mare: lo stesso cassettone gobbo e lo specchio grottesco coi grappoli della cornice che ricordavano l'uva secca e i pomi color terra, lo stesso lettuccio sul quale, tra due guanciali che facevano culla, stava la bambina coperta da un velo verde.

Ella si avvicinò in punta di piedi e la guardò dall'alto, paurosa di disturbarla col solo suo alito; la guardò come una cosa strana, mai prima veduta: e vide che era fasciata strettamente fino al collo come un essere pericoloso al quale si impedisce di lottare: e sotto il velo, il visetto rotondo, color pesca, le avrebbe dato l'idea di un frutto nel velame delle foglie verdi, senza la bocca che si storceva in continue smorfie di disgusto e gli occhi appannati di latte, aperti e fissi.

Piano piano, quasi vi fosse spinta da qualcuno contro sua volontà, si piegò, non tanto per vederla quanto per intenderla meglio; senza quella commozione che avrebbe dovuto sentire e sulla quale gli altri contavano, ma anche senza ostilità, anzi con una specie di cordiale benevolenza, come se la bambina potesse capire e divenirle amica.

La bambina non vagiva piú, infatti, ma continuava le sue smorfie che parevano la espressione di un suo meditare interno, il faticoso domandarsi del perché era lí, del perché aveva già fame e già dolore, e già sentisse l'abbandono in cui veniva lasciata, e il mistero di quell'ombra grande che a poco a poco si piegava su di lei per portarle un aiuto che non veniva dal cuore.

Quando il viso della donna fu quasi rasente al velo, il suo piccolo viso si raggrinzí tutto: uno stridío acuto di pianto animalesco le uscí come in tante freccie dalla bocca; e l'altra si sollevò con paura, respinta e ferita.

Nessuno appariva: perché nessuno appariva?

La bambina si chetò, e tutto fu di nuovo silenzio, in quel luogo che invero dava l'impressione di trovarcisi in sogno.

Ma non era un sogno davvero? La donna ricordava gli altri suoi sogni, nitidi, nella loro esteriorità, piú che le vicende reali, eppure velati dal crepuscolo del mistero interno: per scuotersi uscí di nuovo sulla loggia, guardò nella sua camera, e vide sul tavolino il vassoio col caffè e la colazione, portato in quel frattempo dalla vecchia. Anche la vecchia era di nuovo scomparsa: ed ella ebbe paura di prendere il caffè, come fosse avvelenato, ebbe paura di tutto. Bisognava liberarsi. Prese la collana e rientrò nella camera attigua, s'inginocchiò davanti al lettuccio, sollevò il velo, sollevò la testina tiepida della bambina, piano, quasi per timore di stroncarla, e le fermò bene sulla nuca la molla che chiudeva il filo delle perle.

Poi raggiustò il velo e le parve di aver buttato la collana nell'acqua del mare.

E come avesse spiato nell'ombra in attesa di quel momento, l'uomo subito riapparve, e così rapido e silenzioso ch'ella non ebbe tempo di rialzarsi. Ma non si vergognò di essere sorpresa in quell'atto di offerta: così almeno tutto al piú presto era finito.

– Ebbene, – egli domandò sottovoce, piegandosi su di lei; – ti piace?

– È bella, – disse anche lei piano; e tentò di alzarsi; l'uomo allora le mise la mano sulla testa, premendola alquanto e lievissimamente carezzandole con la punta delle dita i capelli per renderle meno gravosa l'imposizione di star lí inginocchiata davanti alla bambina.

– È bella, sí, egli ripeté con voce bassa, calma, che aveva il soffio sinistro delle cattive rivelazioni; – e speriamo sia felice. E porterà felicità pure a te, perché le vorrai bene. Perché le hai messo quella collana? Vuoi forse morire?

– Io sono già morta, – ella disse nascondendosi il viso fra le mani; e rabbrividí tutta, poiché le parve che la rivelazione fosse questa. Ed ebbe desiderio di lasciarsi andar giú, disfatta dalla mano di lui, e morire davvero.

– Noi non morremo mai, – egli riprese, – finché una scintilla d'amore, sia pure in apparenza di odio, germinerà in noi come il seme nella terra gelata. E questa scintilla non è in nostro potere di spegnerla, neppure con la morte del corpo, perché è la parte nostra di Dio.

– Parole… parole… – ella mormorò.

Allora egli la lasciò, e riprese con voce dura:

– Prendi la bambina: guardala. Tu le hai dato un peso del quale credi di liberarti, ma che ti opprimerà piú che mai. Era già unita a te, anche senza questa catena, la bambina, come siamo uniti tutti, morti e viventi, nell'errore e nell'espiazione. Prendila: tu non l'hai ancora guardata.

– Giovanni! – ella gemette; e gli prese la mano, e gliela baciò. Perché gli baciava la mano? Perché tremava tutta, come s'egli le parlasse di amore, e invece di offrirle la bambina si offrisse lui?

Ma egli ritirò la mano, e la strinse in un pugno che vibrava di protesta, di pentimento e d'impotenza: ed ella sentí finalmente tutto l'inganno delle sue vane paure.

Eppure l'angoscia non la lasciava: e le parole dell'uomo la premevano piú che la mano di lui sulla testa. Tentò nuovamente di liberarsi; si alzò e si scosse le vesti come dopo una caduta: e lo guardò con ostilità quasi sfidandolo.

Allora egli si piegò e parve il suo soffio ansante a smuovere il velo; prese la bambina e gliela mise sulle mani, costringendola a voltarsi in piena luce.

E con un senso di vertigine ella s'avvide che gli occhi della bambina non si chiudevano, nati morti alla luce vana della terra.

FINE